中国文学名家名作鉴赏精华

司马迁散文鉴赏辞典

文学鉴赏辞典编纂中心 编

上海辞书出版社

上海辞书出版社

《司马迁散文鉴赏辞典》

撰稿人：（按姓氏笔画排列）

刘　永　安平秋　李　宇
杨海峥　陈祥耀　顾伟列
赖汉屏

目 录

前言

司马迁是西汉著名史学家、文学家、思想家。字子长，夏阳（今陕西韩城南）人。曾受业于儒学大师孔安国、董仲舒。二十岁南游江淮。后任郎中。元鼎六年（前111）奉汉武帝命出使巴蜀，以后又多次随驾出巡，足迹几乎遍及全国，得以接触社会各阶层，考察风土人情。元封三年（前108），接续父亲职位担任太史令，阅读整理历史资料，作撰《史记》的准备。太初元年（前104），参与改革历法，与唐都、落下闳共订《太初历》，着手撰写《史记》。后因对李陵战败投降匈奴一事有所辩解，获罪下狱，受宫刑。出狱后，迁任中书谒者令，不问朝政，潜心写作，终于完成《史记》。生平事迹见《史记·太史公自序》及《汉书》卷六二。

司马迁所著《史记》，统摄上自黄帝、下至汉武帝三千年左右的兴衰，为中国最早的纪传体通史。其叙事注重寻找历史事件发生和历史人物成败的社会根源，对以“天道”说明人事表示怀疑；对历史人物的褒贬取舍独具慧眼，并充满批判精神。在“本纪”“世家”“列传”中，他生动地刻画了上百个鲜明的历史人物，包括帝王将相、平民倡优、文人学士、刺客游侠、成功和失败的英雄等不同类型和阶层，体现了进步的历史观和开阔的视野；写作时倾入自己鲜明的爱憎态度，使作品具有鲜活的艺术魅力。后人评其“为文疏荡，颇有奇气”（苏辙《上韩太尉书》），赞《史记》为“史家之绝唱，无韵之《离骚》”（鲁迅《汉文学史纲要》）。《史记》为“二十四史”之首，对后世史学和文学产生过深远影响，《史记》研究亦成为专门学科。除《史记》外，《汉书・艺文志》曾著录司马迁赋作八篇，《隋书・经籍志》著录《汉中书令司马迁集》一卷，《旧唐书・经籍志》《新唐书・艺文志》作二卷。今存《悲士不遇赋》《报任少卿书》等。

本书是我社中国文学名家名作鉴赏辞典系列之一，精选司马迁代表作品22篇，并请古典文学研究专家为每篇作品撰写鉴赏文章。其中诠词释句，发明妙旨，有助于读者了解司马迁作品之堂奥，领略其作品牢笼百家、雄深雅健的文学魅力。书末附录《司马迁生平与文学创作年表》，供读者参考。另外，还有个问题需要交待。关于司马迁的生年，学界争论已久，较有代表性的有两种说法：一种是公元前145年，一种是公元前135年。因文献不足，暂时没有定论。本书年表暂时采用更主流的“公元前145年”说。不当之处，尚祈读者指正。

上海辞书出版社文学鉴赏辞典编纂中心

二〇二四年九月

鸿门宴

原文

楚军夜击阬[①]秦卒二十余万人新安[②]城南，行略定秦地。函谷关[③]有兵守关，不得入。又闻沛公[④]已破咸阳。项羽大怒，使当阳君等击关。项羽遂入，至于戏西[⑤]。沛公军霸上[⑥]，未得与项羽相见。沛公左司马曹无伤使人言于项羽曰："沛公欲王关中，使子婴[⑦]为相，珍宝尽有之。"项羽大怒，曰："旦日飨士卒，为击破沛公军！"当是时，项羽兵四十万，在新丰鸿门[⑧]；沛公兵十万，在霸上。范增[⑨]说项羽曰："沛公居山东时，贪于财货，好美姬；今入关，财物无所取，妇女无所幸：此其志不在小。吾令人望其气[⑩]，皆为龙虎，成五采，此天子气也。急击勿失！"

楚左尹项伯者，项羽季父[⑪]也，素善留侯张良[⑫]。张良是时从沛公。项伯乃夜驰之沛公军，私见张良，具告以事，欲呼张良与俱去，曰："毋从俱死也！"张良曰："臣为韩王送沛公，沛公今事有急，亡去不义，不可不语。"良乃入，具告沛公。沛公大惊曰："为之奈何？"张良曰："谁为大王为此计者？"曰："鲰生[⑬]说我曰：'距[⑭]关，毋内[⑮]诸侯，秦地可尽王也。'故听之。"良曰："料大王士卒足以当项王乎？"沛公默然，曰："固不如也！且为之奈何？"张良曰："请往谓项伯，言沛公不敢背[⑯]项王也。"沛公曰："君安与项伯有故?”张良曰:“秦时与臣游,项伯杀人,臣活之;今事有急,故幸来告良。”沛公曰:“孰与君少长?”良曰:“长于臣。”沛公曰:“君为我呼入,吾得兄事之。”张良出,要[17]项伯。项伯即入见沛公。沛公奉卮酒为寿,约为婚姻,曰:“吾入关,秋毫不敢有所近,籍吏民、封府库而待将军。所以遣将守关者,备他盗之出入与非常也。日夜望将军至,岂敢反乎! 愿伯具言臣之不敢倍[18]德也。”项伯许诺,谓沛公曰:“旦日不可不蚤[19]自来谢项王。”沛公曰:“诺。”于是项伯复夜去,至军中,具以沛公言报项王;因言曰:“沛公不先破关中,公岂敢入乎? 今人有大功而击之,不义也。不如因善遇之。”项王许诺。

沛公旦日从百余骑来见项王,至鸿门,谢曰:“臣与将军戮力而攻秦,将军战河北,臣战河南;然不自意能先入关破秦,得复见将军于此。今者,有小人之言,令将军与臣有郤[20]。”项王曰:“此沛公左司马曹无伤言之。不然,籍何以至此?”项王即日因留沛公与饮。项王、项伯东向坐;亚父[21]南向坐——亚父者,范增也;沛公北向坐;张良西向侍。

范增数目[22]项王,举所佩玉玦以示之者三,项王默然不应。范增起,出,召项庄[23],谓曰:“君王为人不忍。若[24]入,前为寿,寿毕,请以剑舞,因击沛公于坐,杀之。不者,若属皆且为所虏!”庄则入为寿。寿毕,曰:“君王与沛公饮,军中无以为乐,请以剑舞。”项王曰:“诺。”项庄拔剑起舞，项伯亦拔剑起舞，常以身翼蔽沛公，庄不得击。

于是张良至军门见樊哙[25]。樊哙曰："今日之事何如？"良曰："甚急！今者项庄拔剑舞，其意常在沛公也。"哙曰："此迫矣！臣请入，与之同命！"哙即带剑拥盾入军门。交戟之卫士欲止不内，樊哙侧其盾以撞，卫士仆地。哙遂入，披帷西向立，瞋目视项王，头发上指，目眦[26]尽裂。项王按剑而跽[27]曰："客何为者？"张良曰："沛公之参乘[28]樊哙者也。"项王曰："壮士！赐之卮酒！"则与斗卮酒。哙拜谢，起，立而饮之。项王曰："赐之彘肩[29]！"则与一生彘肩。樊哙覆其盾于地，加彘肩上，拔剑切而啖之。项王曰："壮士！能复饮乎？"樊哙曰："臣死且不避，卮酒安足辞！夫秦王有虎狼之心，杀人如不能举，刑人如恐不胜[30]，天下皆叛之。怀王与诸将约曰：'先破秦入咸阳者王之。'今沛公先破秦入咸阳，毫毛不敢有所近，封闭宫室，还军霸上，以待大王来。故遣将守关者，备他盗出入与非常也。劳苦而功高如此，未有封侯之赏，而听细说，欲诛有功之人，此亡秦之续[31]耳。窃为大王不取也！"项王未有以应，曰："坐！"樊哙从良坐。

坐须臾，沛公起如厕[32]，因招樊哙出。沛公已出，项王使都尉陈平召沛公。沛公曰："今者出，未辞也，为之奈何？"樊哙曰："大行不顾细谨，大礼不辞小让[33]。如今人方为刀俎[34]，我为鱼肉，何辞为！"于是遂去。乃令张良留谢。良问曰:“大王来何操[35]?”曰:“我持白璧一双,欲献项王;玉斗一双,欲与亚父。会其怒,不敢献。公为我献之。”张良曰:“谨诺。”当是时,项王军在鸿门下,沛公军在霸上,相去四十里。沛公则置[36]车骑,脱身独骑,与樊哙、夏侯婴、靳彊、纪信等四人持剑盾,步走,从郦山[37]下,道芷阳间行[38]。沛公谓张良曰:“从此道至吾军,不过二十里耳。度我至军中,公乃入。”

沛公已去,间至军中;张良入谢,曰:“沛公不胜桮杓[39],不能辞;谨使臣良奉白璧一双,再拜献大王足下;玉斗一双,再拜奉大将军足下。”项王曰:“沛公安在?”良曰:“闻大王有意督过[40]之,脱身独去,已至军矣。”项王则受璧,置之坐上。亚父受玉斗,置之地,拔剑撞而破之,曰:“唉!竖子[41]不足与谋!夺项王天下者,必沛公也!吾属今为之虏矣!”

沛公至军,立诛杀曹无伤。

注

① 击阬:击杀后掘坑埋掉。阬,同“坑”。

② 新安:秦县名,故址在今河南渑池。

③ 函谷关:在今河南灵宝西南。

④ 沛公:刘邦起兵于沛(今江苏沛县),称沛公。

⑤ 戏西:戏水之西。戏水在今陕西临潼东。

⑥ 霸上:古地名,在今陕西西安市东,因地处霸水西高原上而得名。

⑦ 子婴:秦二世胡亥之侄,赵高杀二世,立他为秦王。在位四十二天,投降刘邦,后为项羽所杀。

⑧ 新丰鸿门:新丰,县名,在今陕西临潼东。鸿门,古地名,在今陕西

临潼东十七里鸿门堡村，当地称为项王营。

⑨ 范增：项羽的主要谋士。

⑩ “吾令人望其气”四句：望气是古代迷信占卜法，望云气附会人事，预言吉凶。此言刘邦所在的地方天空有异样的云气，是天子气，将来要做皇帝。

⑪ 季父：叔父。

⑫ 张良：字子房，刘邦的谋臣，后封为留侯。

⑬ 鲰(zōu)生：浅薄无知的人。

⑭ 距：通“拒”。

⑮ 内：通“纳”。

⑯ 背：背叛。

⑰ 要：通“邀”。

⑱ 倍：通“背”。

⑲ 蚤：通“早”。

⑳ 郤：通“隙”。

㉑ 亚父：敬称，表示仅次于父亲。

㉒ 数目：多次以目示意。

㉓ 项庄：项羽的堂弟。

㉔ 若：你。

㉕ 樊哙(kuài)：随刘邦起兵，为其部将。

㉖ 目眦：眼眶。

㉗ 跽(jì)：长跪。按剑而跽，是警惕、戒备之意。

㉘ 参乘：车右的侍卫。

㉙ 彘(zhì)肩：猪腿。

㉚ “杀人”两句：杀人唯恐不能尽，惩罚人唯恐不能用尽酷刑。

㉛ 亡秦之续：已被灭亡的秦国的后继者。意为重蹈亡秦的覆辙。

㉜ 如厕：上厕所。

㉝ “大行”两句：干大事不可拘泥小节，讲大礼不必计较琐屑的礼貌。

㉞ 俎(zǔ)：切肉用的砧板。

㉟ 何操：带了什么(礼物)。

㊱ 置：留下。

㊲ 郦山：即骊山，在今陕西西安临潼区东南。

㊳ 道芷阳间(jiàn)行：从芷阳抄近路走。芷阳，秦县名，治所在今陕西

西安市东北。间行,秘密行走。

㊴ 栝杓(sháo):酒具。栝,同“杯”。

㊵ 督过:责备。

㊶ 竖子:小子。骂人的话。指项庄之流,暗讥项王。

鉴赏

《鸿门宴》是《史记·项羽本纪》中一个相对独立的片段,它标志着秦末起义军两大首领刘邦和项羽由联合破秦到互争天下的转折点。文章以刘邦赴项营请罪为核心,连同赴营以前和逃出以后为三个组成部分。在一千五百多字中,司马迁生动地记述了两家的明争暗斗。鸿门宴上,觥筹交错,刀光剑影。出场人物,个个形象鲜明,既保持了历史的真实,又“诙诡几类平话”(吕思勉《秦汉史》),无愧是两千年来脍炙人口的名篇。

这段文字之所以脍炙人口,成功的艺术经验非只一端。要而言之,情节跌宕、波澜起伏和形象生动、个性鲜明两个方面是其主要特色。

试看文章入手,先用百十来字写了三件事。一写项羽大军入秦,函谷关闭,这位曾击破秦军主力的霸王遭此冷遇,已自怒火填膺;次写曹无伤反间之言,如火上加油;三写范增议论,谓刘邦“志不在小”,更在火油交煎之际,扇了一股阴风:风、火、油层层作势,紧张的空气仿佛划一根火柴就可以点燃。旦日灭刘,箭在弦上。不料陡然接上项伯夜访张良,沛公约婚一节,风、火、油顿然化作一天凉雨,情节忽趋平缓。接下去写刘邦鸿门谢罪，一席话赚得项羽推心留饮，前嫌顿释，文势再作一跌。不意酒筵间，范增“数日”示意于前，项庄舞剑助饮于后，平地又起波澜。幸而有项伯拔剑翼蔽沛公，暂趋缓解。但范增不杀刘邦不快，危机依然四伏。在这紧急关头，樊哙闯帐，使斗争变得更加复杂。项羽之为人，暴戾残忍。当年巨鹿之战时，诸侯将见了他，“无不膝行而前，莫敢仰视”；现在樊哙居然对他“瞋目而视”，岂不是披其逆鳞，存心挑燃刚刚平息下去的怒火？情势至此，再度紧张，流血五步，事在眉睫。谁想到这位“喑噁叱咤”的项王，竟然被樊哙粗犷忠勇的气质所吸引，呼为“壮士”，赐之卮酒，益以彘肩；听其慷慨陈词，被他数落得“未有以应”。这段文字，如鹰翔鹘下，直起直落，尽翻腾跌宕之能事。

项王赐座，“樊哙从良坐”，形势似乎平缓了。但沛公三人仍都坐在火药桶上。表面的、暂时的平静孕育着更大的危机。文字至此再作一大转折：“沛公起如厕”，间道逃归。但问题仍未完全解决，还有张良留谢。他如何向项王交代，仍是悬念。于是又有献璧、受璧、碎璧一节，去后余波，荡漾无极。纵观全文情节，凡五起五落，一千五百多字，几乎全是惊涛骇浪，又全都化为涟漪层层，令读者魂悸魄动，目眩神摇，时笑时颦，不能自已。

但是，任何文学作品，如果一味追求情节惊险离奇，都必然坠入魔道。情节必须为展开人物性格服务，让人物性格的发展推动情节的起伏波澜。只有进入这个境界,才能使作品具有令人信服的艺术魅力。《鸿门宴》正是用人物性格的展开来推动情节发展的。在这一个片段中,司马迁写了四对人物——雄主项羽和刘邦,谋臣范增和张良,武士项庄和樊哙,内奸项伯和曹无伤(曹虽未上场,同是内奸)。这些人物互相映衬,个性各不相同。这里重点分析项羽和樊哙。

《鸿门宴》是项羽人格开展的重要契机,也是其性情品质的一次重要展示。项羽的个性是丰富复杂的,其主体则是盲目的自信自负。这既体现为豪爽直率,又发展为近乎愚昧的个人英雄主义。他少时便想“学万人敌”,自信足以力征万人;看到秦始皇游会稽,脱口便说“彼可取而代也”,自信奋其私智足以霸王天下。直到垓下被围,山穷水尽,还以为失败是由于“天之亡我”,演出了“为诸君溃围、斩将、刈旗”的个人英雄主义的旷世悲剧。对这种贯串人物始终的鲜明个性,在《鸿门宴》这个片段中,司马迁作了深刻的、多侧面的展示。

项羽挟胜利之余威,带兵进至函谷关,紧闭的关门严重地损伤了他的自信心和自尊心,因此他遣将击关。曹无伤说:“沛公欲王关中,使子婴为相,珍宝尽有之。”范增说:“沛公……今入关,财物无所取,妇女无所幸,此其志不在小。”两人的话,显然矛盾,本不难觉察曹无伤说的是反间之言。但项羽听进去的只是“欲王关中”“此其志不在小”

十个字。正是这十个字损伤了他的权力意志的欲望，刺痛了他唯我能霸王天下的自负自尊心，于是下令“旦日飨士卒，为击破沛公军”。在他看来，沛公十万之众，他可以在一个早晨将他们消灭。这正是他盲目自负性格的充分展示。

项伯在项王面前为沛公说情，打动项王的只有一句话：“今人有大功而击之，不义也。”这里提出了一个普通的伦理原则。义，是项羽精神领域中的最高追求。他不是临到乌江自刎还把自己的头颅赠给追杀他的“故人”吕马童吗？那是为了显示他重义气。鸿门宴上，他不理范增的示意，不忍杀刘邦。他认为，杀了刘邦，一来实在没有道理。二来无此必要：区区沛公，安足为我敌！三来人家赤手空拳来谢罪，毫无抵抗能力，杀之不武，反伤我一世英名。更何况还有兄弟之约，战友之情？

沛公、樊哙对项羽说的话，以及沛公对项伯说的话——那显然是有意让项伯转述给项王听的，三者如出一辙，都是张良替他们准备好的台词。项王为什么听不出来，反而为这些花言巧语所动？原因也就在于这些话迎合了他盲目自信自负的心态。沛公说：“秋毫不敢有所近。”说“不敢”而不说“不曾”，多么恭顺！“籍吏民、封府库而待将军”，“待”得多么虔诚！“日夜望将军至”，“望”得多么迫切！樊哙说得更妙：“劳苦而功高如此，未有封侯之赏。”他直截了当地代沛公向项王讨赏了，隐然自居下僚。而且，能给人以“封侯之赏”的只能是天子，这就于无形之中把项羽抬高到了天下至尊的地位。盲目自负的项王听了，能不飘飘然吗？所以当沛公已去，张良持璧入谢时，项王还问“沛公安在”。这四字极其传神，正是项羽飘飘然、昏昏然心态的绝好描写。

对樊哙一席话，他“未有以应”，理屈乃至辞穷，显示了他个性中的豪爽直率。刘邦毕竟先入咸阳，项羽如欲诛之，必须编出一段理来；项羽决不肯编造理由为自己护短。当刘邦向他说“今者有小人之言，令将军与臣有郤”时，他张口便说：“此沛公左司马曹无伤言之。”一般人认为项羽此言最为愚蠢，自伤耳目；殊不知这正是司马迁刻画项羽性格最深刻的一笔。胸怀磊落，直来直去，心口如一：这种个性，对于争天下，也许是极大的缺点；对于为人，却是高尚的品德。司马迁特地拿它与巧言佞色、心狠手辣的刘邦对比，最后还补了一笔：“沛公至军，立诛杀曹无伤”，褒贬抑扬，文外无穷。

樊哙这个人物，也写得极为成功。他在最紧急的关头出场，一开口就说“与之同命”，誓与在危难中的沛公共生死。作者先写他“侧其盾”撞进军门，表现出他的英武，也表现出他的一腔义愤。进了军门，“披帷西向立，瞋目视项王，头发上指，目眦尽裂”，仿佛是一团愤怒的火，照亮了这阴谋四伏的军营。司马迁在这里，更以其明针暗线，写出了一场暗地里进行的斗争，大大丰富了樊哙的个性。项王赏识樊哙的豪壮勇武,吩咐左右“赐之卮酒”,奉上来的却变成了“斗卮酒”;吩咐“赐之彘肩”,奉上来的却变成了“生彘肩”。一字之增,阴谋毕显。这一大杯烈酒,看你如何对付?这一条生猪腿,看你如何下咽?不饮不吃,岂非露了胆怯,而且厚负项王?这分明是项羽左右存心捉弄樊哙。不料,樊哙一一挫败了对手的阴谋。大杯烈酒,他“拜谢,起,立而饮之”;那条生猪腿,他“覆其盾于地,加彘肩上,拔剑切而啖之”。“拜”“起”“立”“饮”四个动作,斩截有力,显示出他对项王多么有礼,对揶揄他的群小多么无畏!那“覆”“加”“拔”“切”“啖”五字,意气飞动,仿佛他切的、吃的不是生猪腿,而是敌人的肉。他咬碎钢牙,把生肉和仇恨一起吞下去。妙就妙在这一切都当着项王的面进行,项王却被蒙在鼓里。司马迁仅仅增了“斗”“生”二字,细处传神,把紧张的暗斗、项王的直爽、范增手下人的阴谋、樊哙的粗犷无畏,充分展现出来。清人刘熙载说:“画诀:‘石有三面,树有四枝。’盖笔法须兼阴阳向背也。于司马子长(司马迁)文往往遇之。”(《艺概·文概》)两字增华,写活了一个场面,揭示出几个人的性格,只有司马迁才具如此生花妙笔。

读这篇文章的人,往往责备项羽不杀刘邦是极大的失算,是妇人女子之仁;说鸿门宴是项羽从胜利走向失败的转折点。这未免厚诬英雄,其识见与范增不相上下。项羽失败的原因很多,岂在放走一个刘邦?杀一刘邦,难免诸侯人人震恐，天下纷纷叛楚，出来更多的刘邦。看来，项羽的眼光，倒远在心地褊狭的范增之流之上。明丘濬《拟古乐府》说："霸王百行扫地空，不杀一端差可取。天命由来归有德，不在沛公生与死。"明乎此，我们就不只激赏司马迁的史才，更钦佩他的史识。

（赖汉屏）

项羽之死

原文

项王军壁[1]垓下，兵少食尽，汉军及诸侯兵围之数重。夜闻汉军四面皆楚歌[2]，项王乃大惊曰："汉皆已得楚乎？是何楚人之多也！"项王则夜起，饮帐中。有美人名虞，常幸从；骏马名骓[3]，常骑之。于是项王乃悲歌忼慨[4]，自为诗曰："力拔山兮气盖世，时不利兮骓不逝[5]！骓不逝兮可奈何！虞兮虞兮奈若何！"歌数阕[6]，美人和之。项王泣数行下，左右皆泣，莫能仰视。

于是项王乃上马骑，麾下壮士骑从者八百余人，直夜[7]溃围南出，驰走。平明，汉军乃觉之，令骑将灌婴以五千骑追之。项王渡淮，骑能属[8]者百余人耳。项王至阴陵[9]，迷失道，问一田父。田父绐曰："左。"左，乃陷大泽中。以故汉追及之。项王乃复引兵而东，至东城[10]，乃有二十八骑。汉骑追者数千人。项王自度不得脱，谓其骑曰："吾起兵至今八岁矣，身七十余战，所当者破，所击者服，未尝败北，遂霸有天下。然今卒困于此，此天之亡我，非战之罪也！今日固决死[11]，愿为诸君快战，必三胜之，为诸君溃围、斩将、刈旗[12]，令诸君知天亡我，非战之罪也。"乃分其骑以为四队，四向。汉军围之数重。项王谓其骑曰："吾为公取彼一将。"令四面骑驰下，期山东为三处[13]。于是项王大呼驰下，汉军皆披靡，遂斩汉一将。是时，赤泉侯[14]为骑将，追项王；项王瞋目而叱之，赤泉侯人马俱惊，辟易[15]数里。与其骑会为三处。汉军不知项王所在，乃分军为三，复围之。项王乃驰，复斩汉一都尉，杀数十百人。复聚其骑，亡其两骑耳。乃谓其骑曰："何如？"骑皆伏曰："如大王言。"

于是项王乃欲东渡乌江[16]。乌江亭长舣船待[17]，谓项王曰："江东虽小，地方千里，众数十万人，亦足王也。愿大王急渡。今独臣有船，汉军至，无以渡。"项王笑曰："天之亡我，我何渡为！且籍与江东子弟八千人渡江而西，今无一人还，纵江东父兄怜而王我，我何面目见之！纵彼不言，籍独不愧于心乎！"乃谓亭长曰："吾知公长者。吾骑此马五岁，所当无敌，尝一日行千里，不忍杀之，以赐公！"乃令骑皆下马步行，持短兵接战。独籍所杀汉军数百人，项王身亦被十余创[18]。顾见汉骑司马吕马童曰："若[19]非吾故人乎？"马童面之[20]，指王翳曰："此项王也。"项王乃曰："吾闻汉购我头千金，邑万户。吾为若德[21]。"乃自刎而死。

注

① 军壁：筑营驻扎。

② 汉军四面皆楚歌：四面包围项王的汉军都唱着楚人之歌。可见楚人多已降汉。

③ 骓(zhuī)：黑白相间的马。

④ 忼慨：同"慷慨"。

⑤ 逝：跑。

⑥ 数阕：几遍。

⑦ 直夜：当天夜里。

⑧ 属：跟随。

⑨ 阴陵：汉县名，治所在今安徽滁州定远西北。

⑩ 东城：秦县名，治所在今安徽滁州定远东南。

⑪ 决死：必死。

⑫ 刈旗：砍倒对方军旗。

⑬ 期山东为三处：约定在山的东面分三处集合。

⑭ 赤泉侯：即杨喜。他因斩项羽有功，封赤泉侯。此时尚未封侯，当是史家追书之辞。

⑮ 辟易：退避。

⑯ 乌江：在今安徽马鞍山市和县东北的乌江镇。

⑰ 舣(yǐ)：使船靠岸。

⑱ 被十余创：十多处负伤。

⑲ 若：你。

⑳ 面之：指吕马童转过脸来，面对项王。这是因为他既害怕项王，又是其故人，不敢正面看，直到项王叫他，才转过脸来面对项王。

㉑ 吾为若德：我送你个人情。意为让你得我的头，好去讨封赏。

鉴赏

本篇节选自《史记·项羽本纪》，题目为后人所拟。

有人把《史记》誉之为悲剧英雄画廊，西楚霸王项羽则是悲剧群像中的绝代典型，“项羽之死”这个片断便是这部旷世悲剧的最后一幕。“喑噁叱咤，千人皆废”的英雄死了，留在人间的是历史长河中曾经“卷起千堆雪”的浪花，群山万壑中殷殷不绝的回响，两千年来无数读者掩卷而思、拍案而起的长叹息。

这最后一幕，由垓下之围、东城快战、乌江自刎三场组成，其中包含了楚歌夜警、虞兮悲唱、阴陵失道、东城快战、拒渡赠马、赐头故人等一连串惊心动魄的情节和细节。司马迁怀着满腔激情，运用史实、传说和想象，传写了项羽的穷途末路，不断丰富、发展了他的性格，让这位英雄死在歌泣言笑之中，取得了可歌可泣的艺术效果。

第一场：垓下之围。大幕刚启，夜空中传来若断若续、如泣如诉的四面楚歌之声，先奏起背景音乐；然后唱出变徵之音的“虞兮”主调：一起便哀音满耳，感人至深。“骓不逝兮可奈何！虞兮虞兮奈若何！”结尾三虚字反复唱叹，曼声苍凉。正如《史记评林》引吴贤齐说的那样：“一腔怨愤，万种低徊，地厚天高，托身无所，写英雄失路之悲，至此极矣！”这支歌由项羽主唱，美人和之，更显得英雄气短，儿女情长，以至这位从不曾流过泪的西楚霸王也不禁“泣数行下”；他的部属更是“左右皆泣，莫能仰视”，一片呜咽。这里唱出的不仅是个人在命运面前无可奈何的悲哀，也包含了连所宠爱的美人都无法保护的悲哀；这里流出的不仅是一位伟大的英雄犯了错误之后的悲哀的眼泪，也是一位伟大的英雄面对最终失败的忏悔与惭愧的眼泪。司马迁不愧是伟大的传记文学家，他对音乐的感发作用有着深邃的理解。在《刺客列传》中，他曾用“易水之歌”写荆轲的壮士之别，令“士皆垂泪涕泣”；在《留侯世家》中，他用“鸿鹄之歌”写刘邦晚年不得立如意为太子的痛苦心态，使戚夫人“嘘唏流涕”；现在，他又用“虞兮之歌”作为项羽之死这最后一幕的序曲，让悲怆的气氛笼罩全篇，把读者引进苍茫辽远、四顾寂寥的境界，噙着泪水一字一字地往下读，一读则欲罢不能。

接下来是第二场——东城快战。当项羽“自度不得脱”之后，连连说：“此天之亡我，非战之罪也。”“令诸君知天亡我，非战之罪也。”与后面的“天之亡我，我何渡为”互相呼应，三复斯言；明知必死，意犹未平。钱锺书说：“认输而不服气，故言之不足，再三言之。”(《管锥编》)“不服气”，正显示了他的平生意气，说明了他自负、自尊而不知自省、自责。快战之前，司马迁设计了阴陵迷道这个极富表现力的细节。田父把他指向绝路，看似偶然，其实必然。这是他过去“所过无不残灭”，丧失人心的结果。“田父绐之曰：‘左。’左，乃陷大泽中，以故汉追及之。”人家骗他，指向左边，他便不加思索地驰向左边，表现了他从来不惯骗人，也从来不相信别人敢骗他的直率、粗犷的性格。这里两“左”字独字成句，节奏短促，纸上犹闻其声，显示出当时形势严峻紧张，仿佛那五千骑追兵已从征尘滚滚中风驰雨骤而至，迫促感、速度感、力量感尽蓄笔端。

写阴陵迷道，目的在揭示这位末路英雄丧失人心；写东城溃围、斩将、刈旗，则着意于进一步展开他拔山盖世的意气和个人英雄主义的性格。此刻，他丝毫不存幸胜突围之心，只图打一个痛快仗给追随他的残部看看，确证他的失败是“天之亡我”。在这位英雄心目中，死，从来就是不可怕的;英名受侮,承认自己失败,那才可怕。要死也死个痛快,死在胜利之中。这种心态,可笑而又可悲。在这场“快战”中,司马迁再一次运用细节描绘,写项羽的拔山之力,不世之威:“于是项王大呼驰下,汉军皆披靡”;“赤泉侯……追项王,项王瞋目叱之,赤泉侯人马俱惊,辟易数里”。这里,仍用虚笔,集中写他的声音。一呼则汉军披靡,一叱则不仅人惊,连马也吓得后退数里,这是何等的声威力量!他像一尊凛然不可犯的天神,一只被猎犬激怒了的猛虎,须眉毕张,咆哮跳踉,谁也不敢靠近他一步。特别是他“复聚其骑”后,“乃谓其骑曰:‘何如?’骑皆伏曰:‘如大王言!’”“何如”二字,写得意,写自负,声口毕见,活活画出项羽豪迈的性格。在这一瞬间,他感受到的只是一种不屈服的自我肯定的甜蜜,哪里还曾意识到自己是千枪万箭追杀的目标!

第三场:乌江自刎。其中写了拒渡、赠马、赐头三个细节。项羽马到乌江,茫茫江水阻绝了去路。悲剧的大幕即将落下,司马迁偏偏在这最后时刻打了一个回旋,为他笔下的英雄形象补上了最后的浓墨重彩的一笔,设计了“乌江亭长舣船待”这个细节。文如水穷云起,又见峰峦。项羽本来已无路可逃,司马迁却写成他有充分的机会脱逃而偏偏不肯过乌江,好像他不是被追杀得走投无路,不得不死;而是在生与义,苟活幸存与维护尊严之间,从容地作出了选择。江边慷慨陈词,英雄的形象更加丰满完美。那曾经“泣数行下”的血性男子，临了反而笑了。“项王笑曰”的笑，不是强自矜持，不是凄然苦笑，而是壮士蔑视死亡，镇定安详的笑；显示了他临大难而不苟免的圣者之勇——“知耻近乎勇”。自惭无面见江东父老，正是由于知耻。这个细节，展示出他的纯朴、真挚、重义深情。对自己的死，他毫不在意；却不忍爱马被杀，以赠亭长。因为，“吾骑此马五岁，所当无敌”。五年来无数胜利的回忆，猛然兜上心头。今昔如此，情何以堪！文章写到这里，实已神完气足，司马迁颊上添毫，再加上把头颅留赠故人这样一个出人意表、千古未闻的细节。“故人”追之、认之，必欲杀之以邀功取赏；项羽却慷慨赐头，“吾为若德”：蝼蚁之微，泰山之高，两两对比，何等鲜明！

项羽终于自刎了，他是站着死的。帝王刘、项，将相萧、曹，对于两千年后的我们，本来无所轩轾。但当我们读完《项羽本纪》，特别是读完“项羽之死”这最后一幕的时候，总不免咨嗟叹息，起坐彷徨，这就见出司马迁传写人物的艺术魅力。在这最后一幕中，留给我们印象最深刻的，是三个场次之间的节奏变化，起伏张弛，抑扬徐疾。第一场重在抒情，节奏纡徐，情如悲笳怨笛，以变徵之音形成了呜咽深沉的境界。第二场重在叙事，全用短节奏，进行速度，铁马金戈，声情激越。第三场江畔陈辞，羽声慷慨。“纵江东父老怜而王我，我何面目见之！纵彼不言，籍独不愧于心乎！”连用两反诘句，顿挫抑扬，极唱叹之胜。此外，还用了许多形象生动,蕴涵丰富的细节,其中必有不少出于传闻、揣度,但无不使人感到可感可信、入情入理。清刘熙载《艺概》所谓“太史公时有河汉之言,而意理却细入无间”;钱锺书《管锥编》所谓“马(司马迁)善设身处地,代作喉舌”,都是赞扬他设计的细节情理兼胜,妙合无垠。虞姬悲歌,乌江拒渡,赠马赐头,一波三折,全凭细节传神,使全篇文字达到雄奇悲壮的美学境界,读之令人荡气回肠。在传记文学中,不说绝后,至少空前。

(赖汉屏)

孙 膑

原文

孙膑尝与庞涓俱学兵法。庞涓既事魏,得为惠王[①]将军,而自以为能不及孙膑,乃阴使召孙膑。膑至,庞涓恐其贤于己,疾之,则以法刑断其两足而黥[②]之,欲隐勿见[③]。

齐使者如梁,孙膑以刑徒阴见[④],说齐使。齐使以为奇,窃载与之齐。齐将田忌善而客待之。

忌数与齐诸公子驰逐重射[⑤]。孙子见其马足不甚相远,马有上中下辈[⑥]。于是孙子谓田忌曰:“君弟[⑦]重射,臣能令君胜。”田忌信然之,与王及诸公子逐射千金。及临质[⑧],孙子曰:“今以君之下驷与彼上驷,取君上驷与彼中驷,取君中驷与[⑨]彼下驷。”既驰三辈毕,而田忌一不胜而再胜,卒得王千金。于是忌进孙子于威王。威王问兵法,遂以为师。

其后魏伐赵,赵急,请救于齐。齐威王欲将[⑩]孙膑,膑辞谢曰:“刑余之人不可。”于是乃以田忌为将,而孙子为师,居辎车[⑪]中,坐为计谋。田忌欲引兵之赵,孙子曰:“夫解杂乱纷纠者不控卷[⑫],救斗者不搏撠[⑬]。批亢捣虚,形格势禁[⑭],则自为解耳。今梁、赵相攻,轻兵锐卒必竭于外,老弱罢[⑮]于内;君不若引兵疾走大梁,据其街路[⑯],冲其方虚[⑰],彼必释赵而自救。是我一举解赵之围而收弊于魏[18]也。"田忌从之,魏果去邯郸,与齐战于桂陵,大破梁军。

后十三岁,魏与赵攻韩,韩告急于齐。齐使田忌将而往,直走大梁。魏将庞涓闻之,去韩而归,齐军既已过而西矣。孙子谓田忌曰:"彼三晋之兵素悍勇而轻齐,齐号为怯[19];善战者因其势而利导之。兵法:百里而趣利者蹶上将[20],五十里而趣利者军半至[21]。使齐军入魏地为十万灶,明日为五万灶,又明日为三万灶。"庞涓行三日,大喜,曰:"我固知齐军怯,入吾地三日,士卒亡者过半矣。"乃弃其步军,与其轻锐倍日并行[22]逐之。孙子度其行,暮当至马陵。马陵道狭,而旁多阻隘,可伏兵。乃斫大树白而书之[23]曰:"庞涓死于此树之下。"于是令齐军善射者万弩夹道而伏,期[24]曰:"暮见火举而俱发。"庞涓果夜至斫木下,见白书,乃钻火烛之[25]。读其书未毕,齐军万弩俱发,魏军大乱相失。庞涓自知智穷兵败,乃自刭,曰:"遂成竖子之名[26]!"齐因乘胜尽破其军,虏魏太子申以归。

孙膑以此名显天下,世传其兵法。

注

① 惠王:魏惠王,即梁惠王。魏惠王迁都大梁(今河南开封),改国号为梁。下文"梁",皆指魏。

② 黥:在脸上刺字,即墨刑。

③ 欲隐勿见:想叫他不能行动,不得见人。见,同"现"。

④ 阴见：秘密会见。
⑤ 驰逐重射：赛马打赌。重射，下大赌注。
⑥ 上中下辈：上中下三等。
⑦ 弟：同“第”，但，只管。
⑧ 临质：临近比赛。
⑨ 与：敌，对付之意。
⑩ 将：以……为将。
⑪ 辎车：有帷帐可坐卧载物的车。
⑫ “夫解”句：杂乱纷纠，指乱丝。不控卷，不可抓紧拳头。卷，同“拳”。
⑬ “救斗”句：救斗，劝解斗殴。搏撠(jǐ)，搏击。
⑭ “批亢”两句：避开敌人实力，打击其空虚懈怠的地方；在用兵的形势上阻止、抑制敌人，不使得势。
⑮ 罢：同“疲”。
⑯ 街路：交通要道。
⑰ 冲其方虚：攻击敌人正空虚的地方。
⑱ 收弊于魏：收魏军自弊之效，意为趁魏军疲乏打败它。
⑲ 齐号为怯：齐国军队素被视为怯弱之兵。
⑳ “百里”句：一日一夜追敌百里而求胜者，虽上将必受挫折。
㉑ “五十里”句：一日一夜逐敌五十里，只有一半人到达（另一半人掉队）。
㉒ 倍日并行：一天走两天的路程。
㉓ 斫大树白而书：将大树削去树皮，露出白色，写上文字。
㉔ 期：约定。
㉕ 钻火烛之：点燃火把照亮树上的字。
㉖ 遂成竖子之名：成就了这小子的名声。竖子，指孙膑。

鉴赏

本文节选自《史记·孙子吴起列传》。

孙膑是战国时代的大兵家，但“膑”并非他的真名，只是一个绰号。“膑”本断足之刑。他是被人斫断双足才得了这个绰号的,至于真名,史乘不传。一个大兵家,历史上连名字都没有留下来,可见他是一个悲剧人物。他的悲哀,在于"才为世出"却又"才为世嫉",无法见用于当世。他精通兵法,终其一生,只能躲在别人身后,小试于报一己之私恨,而不能建功立业,荣名显亲于当时;退而著书,也不过垂空文以自见。这是才智之士、倜傥非常之人共同的悲哀。因此,司马迁在其《报任少卿书》中说:"孙子膑脚,《兵法》修列……此人皆意有所郁结,不得通其道。"又说:"乃如左丘无目,孙子断足,终不可用,退而论书策,以舒其愤。"司马迁自己也是"身残处秽"的人,他引孙膑为同类,对他遭人嫉才致残、无法展其智能是深表同情的。他为孙膑作传,以恨笔而写恨人,借恨人而舒愤懑,带有特殊的感情。

这种感情,集中表现在人物内心的刻画上。庞涓之所以蓄意害孙膑,原因在于"恐其贤于己"。始则阴召孙膑,欲其助己而不致为敌国所用,使自己他日无法对付;继又担心孙膑的才能终必为魏王左右所知,影响到自己今日的地位,乃"以法断其足而黥之",使他永远无法见人。其所以让他活下来而不加诛杀,一则孙膑是他召请来的同学,无故诛之不义;二则留着他仍然可备咨询。因为,直接出面加害孙膑的不是他庞涓,他是"以法断其足而黥之"——假手于法吏以加害孙膑,自己并未抛头露面,依然可以与孙膑保持关系。这种小人的曲折用心,司马迁虽未一一明言，细按其文，对庞涓的阴暗心理是刻画得很深的。这种阴暗心理是有典型意义的，也是司马迁最为痛恨的。

古往今来的小人，总是以为，除掉了才能高于自己的人，自己的才能也就高了一个层次。孙膑既除，庞涓以为从此用兵无敌于天下。在马陵之战中，孙膑正是利用他这种踌躇满志的心态，用减灶法示怯以骄其心，使庞涓兼程轻进以逐齐，终于中伏身死。这样写庞涓，嫉妒害人于前，骄恣轻躁于后，便活活画出一个小人形象，传写出戚戚小人的心态。写孙膑，他被害致残之后，居然能“以刑徒阴见，说齐使”，使“齐使以为奇，窃载与之齐”。“窃载”二字，也有深心。他谋见知于齐，先以替田忌画策胜射取得进身之阶。齐威王欲以孙膑为将，他婉辞谢绝以尊田忌，免重蹈扬己速祸的覆辙，以固田忌之心。他知道，自己再也没有用世的可能，所耿耿于怀者，唯有仇未报，愤未泄，才略未展而已。这些都必须通过威王，通过田忌来实现。作战时，他“居辎车中，坐为计谋”，联系前文“窃载”，不只有生理上（断足黥面）的原因，也有心理上的谋算。他不让庞涓知道自己依然活在人间，而且在助齐人与之为敌，以骄庞涓之心。这样便取得围魏救赵的全面胜利和马陵之战的终歼仇敌。庞涓临死时说“遂成竖子之名”，恐怕到这最后时刻，他才知道自己的对手是孙膑。善于利用对方的心理，隐忍以求复仇之效，不只见谋划之奇，而且写出他深沉痛苦的心态，这也是写得很有深度的。

其次,这种借恨人而舒愤懑的心情,也表现在情节与细节的设置上。文中写马陵之役,入魏减灶,险阻设伏,斫树书写文字以诱庞涓入彀,情节曲折,文笔奔放,波澜迭起,却又丝丝入扣,合情合理。看来,司马迁把孙膑的胜利当作了自己的胜利,故而写来笔意欢快跳荡,充满了胜利的喜悦,表现出欢呼雀跃的心情。"斫树举火"之事,迹近离奇,可能来自传闻,也可能出于司马迁的虚构。他设计这样一个细节,使庞涓自取灭亡,在烛光下成为万箭之的,是因为必须如此,才足以报孙膑断足之仇,泄自己蚕室腐刑之愤。反正,减灶设伏是实录,尽破魏军、虏其太子是实录,庞涓败死也是实录,又何妨添"钻火烛书"一个细节,以彰孙膑之智,以见庞涓之流妒才残贼的下场,以伸千古遭奸人嫉才见废的才智之士的郁结之情呢?司马迁笔下的孙膑,暗中何尝没有自己的影子!

循此一念以往,分析本文的结构,也能见出司马迁的深心。全文以断足始,以报断足之仇终,融贯全文的是一种复仇意识。一段叙仇恨根源;二段记孙膑助田忌赛马得胜,以求他日复仇的进身之阶;三段叙围魏救赵之谋,目的也在于挫败魏将庞涓;四段记马陵道庞涓自刭,以恶人的下场收篇:四段一气流贯。为兵家孙膑作传,当然要展示他的用兵才能。他一生谋划军机,断不会只为这几个战役出谋献策。窥司马迁选材的用心,大凡既能报仇雪恨,又能展示其用兵才能的就入选,否则一概割弃。这样既显得中心突出,结构紧凑,又能次第展现孙膑的军事才能。段段写报仇雪恨,段段写其谋划用兵。仇恨、悲愤,化作力量、智慧,使这篇短文不仅条理清晰,而且流荡着人物内心的郁结,具有双层的艺术效应。

(赖汉屏)

管晏列传

原文

管仲夷吾者，颍上人也[①]。少时常与鲍叔牙[②]游，鲍叔知其贤。管仲贫困，常欺鲍叔，鲍叔终善遇之，不以为言。已而鲍叔事齐公子小白，管仲事公子纠[③]。及小白立为桓公，公子纠死，管仲囚焉。鲍叔遂进管仲[④]。管仲既用，任政于齐，齐桓公以霸，九合诸侯，一匡天下，管仲之谋也。

管仲曰："吾始困时，尝与鲍叔贾，分财利多自与，鲍叔不以我为贪，知我贫也。吾尝为鲍叔谋事而更穷困，鲍叔不以我为愚，知时有利不利也。吾尝三仕三见逐于君，鲍叔不以我为不肖[⑤]，知我不遭时也。吾尝三战三走，鲍叔不以我为怯，知我有老母也。公子纠败，召忽死之，吾幽囚受辱，鲍叔不以我为无耻，知我不羞小节而耻功名不显于天下也。生我者父母，知我者鲍子也。"鲍叔既进管仲，以身下之。子孙世禄于齐，有封邑者十余世，常为名大夫。天下不多[⑥]管仲之贤而多鲍叔能知人也。

管仲既任政相齐，以区区之齐在海滨，通货积财，富国强兵，与俗同好恶。故其称[⑦]曰："仓廪实而知礼节，衣食足而知荣辱，上服度[⑧]则六亲固。""四维[⑨]不张，国乃灭亡。""下令如流水之原，令顺民心。"故论卑而易行。俗之所欲，因而予之；俗之所否，因而去之。其为政也，善因祸而为福，转败而为功。贵轻重，慎权衡。桓公实怒少姬，南袭蔡[10]，管仲因而伐楚，责包茅不入贡于周室[11]。桓公实北伐山戎，而管仲因而令燕修召公之政[12]。于柯之会，桓公欲背曹沫之约，管仲因而信之，诸侯由是归齐[13]。故曰："知与之为取，政之宝也[14]。"管仲富拟于公室，有三归[15]，反坫[16]，齐人不以为侈。管仲卒，齐国遵其政，常强于诸侯。后百余年而有晏子焉。

晏平仲婴者，莱之夷维人也[17]。事齐灵公、庄公、景公，以节俭力行重于齐。既相齐，食不重肉，妾不衣帛。其在朝，君语及之，即危言；语不及之，即危行。国有道，即顺命；无道，即衡命。以此三世显名于诸侯。

越石父[18]贤，在缧绁中。晏子出，遭之途，解左骖赎之，载归。弗谢，入闺。久之，越石父请绝，晏子戄然，摄衣冠谢曰："婴虽不仁，免子于厄，何子求绝之速也？"石父曰："不然。吾闻君子屈于不知己而伸于知己者。方吾在缧绁中，彼不知我也。夫子既已感寤而赎我，是知己；知己而无礼，固不如在缧绁之中。"晏子于是延入为上客。晏子为齐相，出，其御之妻从门间而窥其夫。其夫为相御，拥大盖，策驷马，意气扬扬，甚自得也。既而归，其妻请去。夫问其故，妻曰："晏子长不满六尺，身相齐国，名显诸侯。今者妾观其出，志念深矣，常有以自下者。今子长八尺，乃为人仆御，然子之意自以为足，妾是以求去也。"其后夫自抑损。晏子怪而问之，御以实对，晏子荐以为大夫。

太史公曰：吾读管氏《牧民》《山高》《乘马》《轻重》《九府》⑲，及《晏子春秋》⑳，详哉其言之也。既见其著书，欲观其行事，故次其传。至其书，世多有之，是以不论，论其轶事。管仲世所谓贤臣，然孔子小之㉑。岂以为周道衰微，桓公既贤，而不勉之至王，乃称霸哉？语曰："将顺其美，匡救其恶，故上下能相亲也㉒。"岂管仲之谓乎？方晏子伏庄公尸哭之，成礼然后去㉓，岂所谓"见义不为无勇㉔"者耶？至其谏说，犯君之颜，此所谓"进思尽忠，退思补过㉕"者哉！假令晏子而在，余虽为之执鞭，所忻慕焉。

注

① 管仲夷吾：管仲（？—前645），字夷吾，春秋齐国颍上（今属安徽）人。初事公子纠，后相齐桓公，辅佐桓公成就霸业。

② 鲍叔牙：即鲍叔，春秋齐国人。

③ "已而"两句：公元前686年，齐襄公昏庸无道，齐将乱，管仲、召忽从公子纠奔鲁，鲍叔从公子小白奔莒。纠、小白均为齐襄公弟。

④ "及小白"三句：公元前686年，齐襄公被杀，纠与小白争先回国即位。鲁国发兵送纠回齐，并使管仲袭击小白归路，射中小白带钩。小白佯死，使鲁国延误纠的归期，得以先回国即位，即齐桓公。桓公大败鲁军，鲁国被迫杀死纠。召忽自杀，管仲被囚禁。鲍叔遂进管仲：桓公即位后，使鲍叔为宰，他力辞不就，推荐管仲执政。桓公借口解射钩之恨，要鲁国押送管仲回齐。管仲返齐后，桓公任为相。

⑤ 不肖：不贤。

⑥ 多：赞美。

⑦ 称：称述。指管仲在《管子》一书中的论述。

⑧ 上：在上者，君主。服：服御，享用。度：有限度。

⑨ 四维：指礼、义、廉、耻。

⑩ “桓公实怒”二句：少姬，齐桓公夫人，蔡国人。桓公曾与少姬在苑囿乘舟，少姬故意荡舟，桓公惊惧，怒而遣少姬回母家，但未断绝关系，蔡人却让少姬改嫁，桓公发兵袭蔡。蔡国，建都上蔡（今河南上蔡西南），后迁新蔡（今属河南），又迁州来（今安徽凤台）。

⑪ “管仲”二句：《左传·僖公四年》载，齐桓公伐楚，使管仲责之曰：“尔贡包茅不入，王祭不共，无以缩酒。”包茅，束成捆的菁茅草，古代祭祀时用以滤酒去渣。

⑫ “桓公”二句：山戎，又称北戎，古代北方民族，居于今河北省东部，春秋时代常威胁齐、郑、燕等邻国安全。山戎攻燕时，齐桓公曾出兵伐山戎救燕。召公，一作邵公、召康公。西周初人，姬姓，名奭。因封地在召，故称召公。武王灭纣，被封于北燕。官为太保，曾与周公分陕而治，陕以西由他治理。

⑬ “于柯之会”四句：鲁庄公十二年（前682），齐桓公攻鲁，约鲁庄公会于柯（今山东阳谷县东），庄公的侍从曹沫（亦作曹刿）以匕首劫桓公，逼他订立盟约，退还侵占的鲁国土地。桓公后欲背约，因管仲进言，终退还鲁国失地，以示信用。

⑭ “知与之”二句：见《管子·牧民》。

⑮ 三归：台名。汉刘向《说苑·善说》：“管仲故筑三归之台，以自伤于民。”

⑯ 反坫（diàn）：反爵之坫。坫为放置酒杯的土台，在两楹之间。互敬酒后，将空杯反置坫上，为周代诸侯宴会之礼。

⑰ “晏平仲婴”二句：晏婴（？—前500），字平仲，春秋时夷维（今山东高密）人。其父晏弱死，继任齐卿，历仕灵公、庄公、景公三世。莱，古国名，在今山东龙口东南莱子城，公元前567年为齐所灭。

⑱ 越石父：春秋时晋国人，有贤名。时因冻饿，为人奴。

⑲ 《牧民》《山高》《乘马》《轻重》《九府》：皆《管子》篇名。《管子》为战国时齐稷下学者托名管仲所作。其中《牧民》《乘马》等篇存有管仲遗说。《轻重》等篇对经济问题阐述较多。

⑳ 《晏子春秋》：旧题春秋齐晏婴撰，实系后人依托并采缀晏子言行而作。

㉑ 孔子小之：《论语·八佾》有“管仲之器小哉”语。

㉒ “将顺其美”三句：见《孝经·事君》。
㉓ “方晏子”二句：事见《左传·襄公二十五年》。
㉔ “见义”句：《论语·为政》：“见义不为，无勇也。”
㉕ “进思”二句：见《孝经·事君》。

鉴赏

《史记》的列传，通常是正文叙事，后加论赞，《伯夷列传》则通篇以议论为主，篇末没有论赞；《管晏列传》形式上没有《伯夷列传》那样特殊，但叙事极力概括，而抒情谈话独多，写法也很特别。

管仲和晏婴，是春秋时齐国的两个名相。其生平行事和言论，见于《管子》《晏子春秋》《左传》《国语》等书，材料丰富，可写者多。《管晏列传》对于有关两人的著作（非尽出本人之手），只提书名和若干篇名，而于管仲略为摘引《牧民》篇的几句重要言论，其余以“详哉其言之也”一笔带过。因为著作既在，无烦详细介绍，《史记》对于老子、庄子、孟子、荀子的著作，也是这样处理。文中说：“既见其著书，欲观其行事，故次其传。”似乎要详写两人的行事，其实不然，对两人行事写得很概括，取严舍多。

传文的第一段，介绍管仲的出身。着重写他因鲍叔牙的推荐而任齐桓公之相的事，为后文管仲详谈他和鲍叔的关系作发端；于管仲的煌煌相业，则以“任政于齐，齐桓公以霸，九合诸侯，一匡天下，管仲之谋也”几句带论断性的、概括性极强的话了之。头绪集中，笔力极劲健。

第二段,集中显示了本文的特点。借管仲之口,尽量抒发存在于他与鲍叔之间的典型的人生知遇之情。"分财"多取而非"贪",为人"谋事"陷于"穷困"而非"愚","三仕"都被逐而非"不肖",作战退走而非"怯",被囚降事新主而非"无耻",管仲的一连串不容易为人原谅、得人理解的行动,鲍叔都能原谅,都能理解,丝毫不动摇对管仲的信赖,其见事之明,知人之深,真是别无可求,不能有加。在阶级社会中,人与人之间,充满计较利害、变换冷暖的情态,文中写鲍叔的对待管仲,真能使旧时一般缺乏援助、需要友谊的人,读了都感极而下泪。鲍叔知人,可令一般人如此感动,则管仲之高呼"生我者父母,知我者鲍叔也",自是出诸血诚,丝毫没有过分,一样令人共鸣,令人激动。文中这段抒情的谈话,都用排比之笔,重叠、连贯地写下来,恻怆悲凉,顿挫摇曳,情韵绵邈,一反上段的劲炼之概,使文章节奏变换,交错多姿。鲍叔之贤,得管仲相业而彰;管仲之污,得鲍叔智慧而除。司马迁在文中叙事那样节约笔墨,而放手去载管仲的抒情之言,目的固然是为了在管晏传中附写鲍叔,起合传中又有附传的微妙作用,因而后文又连带介绍鲍叔的子孙后世,并下一句抑管扬鲍、倒置历史人物的通常地位的断语:"天下不多管仲之贤而多鲍叔能知人也"。实际上其思想感情的根源,是司马迁因李陵事下狱受刑,得不到任何亲戚朋友的援助,任何朝廷显贵的主持公道的深切、惨痛的感受。有了这种根源,他往往自觉地或不自觉地在《史记》中抒发重视友谊、重视患难相助的感情。《游侠列传》中的“且缓急人之所需也”等议论写得那样哀痛，本传这段话又写得这样凄切动人，难道是没有来历的吗？本文写法的打破列传叙事的轻重主次、虚实详略的常规；它属历史传记而却突出抒情因素；它不正面写鲍叔，而鲍叔的形象却高大动人：原因也在于此。

第三段，笔调又变化，以议论带叙述，近于今人的所谓“以论带史”。它用作者的评论及管仲自己的言论，带来对于管仲相业成功原因的补叙。目的主要不在表彰管仲一人，而在提供带有普遍意义的历史经验，供人借鉴。在史传中注意提供有意义的政治、经济等方面的经验教训，又是《史记》重大的思想价值之一。司马迁有儒家思想，又善于汲取道家思想中的重自然、重顺应民心的合理因素。他在《货殖列传》中，曾发挥极具卓见的发展经济的“因势利导”的思想；在本段中，又着重总结管仲相齐的“下令如流水之原，令顺民心”，“善因祸而为福，转败而为功”的成功的政治经验。本段写完管仲的事迹，带出“后百余年而有晏子焉”一句，显示两人的类同关系，为后面介绍晏婴事迹作承转，也是《史记》的常用手法。

第四段开始写晏婴，也以极简练的笔墨概括其生平。段中着重揭示晏婴的“节俭力行”与“危言危行”两种行谊，由于有重点，故叙述虽简而晏婴为人的特点很分明。本文的第二段可见《史记》不避琐细，善于用繁的功夫；这段和第一段，又可见《史记》善于驾驭重大，善于用简的功夫。

第五段又不避琐细，选择两个生动事例，写晏婴的知人和谦逊。其中“志念深矣”一句，借晏婴驾车人妻子的口，表现晏婴的大臣和思想家的重要品质，极为深刻。越石父与晏婴的对答，驾车人与晏婴的对照，着墨无多，生动且具有戏剧性。对史事本身的善于选择和剪裁，此史笔之所以工；描写的富有生动性，此文学价值之所以高。往往一事而兼具两善如此段，则《史记》之多多过人也固宜。

最后一段为论赞，多用反问句跌宕生姿，此亦《史记》所擅长。“假令晏子而在，余虽为之执鞭，所忻慕焉。”一结以自卑口气，备至对晏婴的倾倒之情，牵扯自己，真是出人意料的神来之笔。然幽默之中，固含有无限的体会世味辛酸、渴望知人之贤的悲痛心情。了解司马迁的为人和经历，才能领会这句话的严肃的思想与感情的分量。

这篇列传叙事简洁而生动，突出抒情和议论，特色显著。清人评为“通篇无一实笔，纯以清空一气运旋”。所谓“无一实笔”，当然不能以形迹论，谁也知道叙事处即是“实笔”；审其用意，乃强调文章以抒情、议论之“虚”，运叙事之“实”，故觉“清空一气”，为史传文中所少见。

（陈祥耀）

信陵君窃符救赵

原文

魏公子无忌者，魏昭王[①]少子，而魏安釐王[②]异母弟也。昭王薨，安釐王即位，封公子为信陵君。

是时，范雎[③]亡魏相秦；以怨魏齐故，秦兵围大梁[④]，破魏华阳[⑤]下军，走芒卯[⑥]。魏王及公子患之。

公子为人仁而下士，士无贤不肖皆谦而礼交之，不敢以其富贵骄士。士以此方数千里争往归之，致食客三千人。当是时，诸侯以公子贤，多客，不敢加兵谋魏十余年。

公子与魏王博[⑦]，而北境传举烽[⑧]，言“赵寇至，且入界”。魏王释博，欲召大臣谋。公子止王曰：“赵王田猎耳，非为寇也。”复博如故。王恐，心不在博。居顷，复从北方来传言曰：“赵王猎耳，非为寇也。”魏王大惊曰：“公子何以知之？”公子曰：“臣之客有能深得赵王阴事者。赵王所为，客辄以报臣，臣以此知之。”是后魏王畏公子之贤能，不敢任公子以国政。

魏有隐士曰侯嬴，年七十，家贫，为大梁夷门监者[⑨]。公子闻之，往请，欲厚遗[⑩]之。不肯受，曰：“臣修身絜行数十年，终不以监门困故而受公子财。”公子于是乃置酒大会宾客。坐定，公子从车骑，虚左[⑪]，自迎夷门侯生。侯生摄[⑫]敝衣冠，直上载公子上坐，不让，欲以观公子。公子执辔愈恭。侯生又谓公子曰:“臣有客在市屠中,愿枉车骑过之。”公子引车入市。侯生下见其客朱亥,俾倪[13],故久立,与其客语,微察公子。公子颜色愈和。当是时,魏将相宗室宾客满堂,待公子举酒。市人皆观公子执辔;从骑皆窃骂侯生;侯生视公子色终不变,乃谢客就车。至家,公子引侯生坐上坐,遍赞宾客[14]。宾客皆惊。酒酣,公子起,为寿[15]侯生前。侯生因谓公子曰:“今日嬴之为公子亦足矣!嬴乃夷门抱关者[16]也,而公子亲枉车骑自迎嬴;于众人广坐之中,不宜有所过,今公子故过之。然嬴欲就[17]公子之名,故久立公子车骑市中,过客,以观公子,公子愈恭。市人皆以嬴为小人,而以公子为长者能下士也。”于是罢酒。侯生遂为上客。

侯生谓公子曰:“臣所过屠者朱亥,此子贤者,世莫能知,故隐屠间耳。”公子往数请之,朱亥故不复谢,公子怪之。

魏安釐王二十年,秦昭王已破赵长平军,又进兵围邯郸。公子姊为赵惠文王弟平原君夫人,数遗魏王及公子书,请救于魏。魏王使将军晋鄙将十万众救赵。秦王使使者告魏王曰:“吾攻赵旦暮且下,而诸侯敢救者,已拔赵,必移兵先击之。”魏王恐,使人止晋鄙,留军壁邺[18],名为救赵,实持两端以观望。

平原君使者冠盖相属于魏,让[19]魏公子曰:“胜所以自附为婚姻者,以公子之高义,为能急人之困。今邯郸旦暮降秦而魏救不至，安在公子能急人之困也[20]！且公子纵轻胜，弃之降秦，独不怜公子姊邪？”公子患之，数请魏王，及宾客辩士说王万端。魏王畏秦，终不听公子。

公子自度终不能得之于王，计不独生而令赵亡；乃请宾客，约车骑百余乘，欲以客往赴秦军[21]，与赵俱死。

行过夷门，见侯生，具告所以欲死秦军状。辞决而行，侯生曰：“公子勉之矣！老臣不能从。”公子行数里，心不快，曰：“吾所以待侯生者备矣，天下莫不闻；今吾且死，而侯生曾无一言半辞送我，我岂有所失哉[22]？”复引车还问侯生。侯生笑曰：“臣固知公子之还也。”曰：“公子喜士，名闻天下。今有难，无他端[23]，而欲赴秦军，譬若以肉投馁虎，何功之有哉！尚安事客[24]！然公子遇臣厚，公子往而臣不送，以是知公子恨之复返也。”公子再拜，因问。侯生乃屏人间语[25]，曰：“嬴闻晋鄙之兵符常在王卧内，而如姬最幸，出入王卧内，力能窃之。嬴闻如姬父为人所杀，如姬资之[26]三年，自王以下欲求报其父仇，莫能得。如姬为公子泣，公子使客斩其仇头，敬进如姬。如姬之欲为公子死，无所辞，顾未有路耳。公子诚一开口请如姬，如姬必许诺，则得虎符夺晋鄙军，北救赵而西却秦，此五霸之伐[27]也。”公子从其计，请如姬。如姬果盗晋鄙兵符与公子。

公子行，侯生曰：“将在外，主令有所不受，以便国家。公子即合符，而晋鄙不授公子兵而复请之，事必危矣。臣客屠者朱亥可与俱，此人力士。晋鄙听，大善；不听，可使击之。”于是公子泣。侯生曰：“公子畏死邪？何泣也？”公子曰：“晋鄙嚄唶宿将[28]，往恐不听，必当杀之，是以泣耳，岂畏死哉？”于是公子请朱亥。朱亥笑曰：“臣乃市井鼓刀屠者，而公子亲数存之[29]，所以不报谢者，以为小礼无所用。今公子有急，此乃臣效命之秋[30]也。”遂与公子俱。公子过谢侯生。侯生曰：“臣宜从，老不能。请数公子行日，以至晋鄙军之日，北乡自刭，以送[31]公子。”公子遂行。

至邺，矫魏王令代晋鄙。晋鄙合符，疑之，举手视公子曰：“今吾拥十万之众，屯于境上，国之重任。今单车来代之，何如哉[32]？”欲无听。朱亥袖四十斤铁椎，椎杀晋鄙。

公子遂将晋鄙军。勒兵[33]，下令军中曰：“父子俱在军中，父归；兄弟俱在军中，兄归；独子无兄弟，归养。”得选兵八万人，进兵击秦军。秦军解去，遂救邯郸，存赵。赵王及平原君自迎公子于界，平原君负韊矢[34]为公子先引。赵王再拜曰：“自古贤人未有及公子者也！”当此之时，平原君不敢自比于人。

公子与侯生决，至军，侯生果北乡自刭[35]。

注

① 魏昭王：名遬（古“速”字），魏国第五代君主，公元前295—前277年

在位。

② 魏安釐(xī)王：名圉，魏国第六代君主，公元前276—前243年在位。

③ 范雎：魏人，因事为人所诬，被魏相魏齐命人笞击折胁。后亡走秦，为秦昭王相。

④ 大梁：魏都，今河南开封。

⑤ 华阳：山名，在今河南新郑东南。

⑥ 走：驱逐，使溃逃。芒卯：魏将，又作“孟卯”。芒卯事见《战国策·魏策三》。

⑦ 博：赌棋。

⑧ 举烽：报警。古时边境有敌情，燃起烽火告警。

⑨ 夷门监者：大梁城东门夷门的守门人。

⑩ 厚遗(wèi)：赠以厚礼。

⑪ 虚左：空出左边座位。古代以左边为上座。

⑫ 摄：整理。

⑬ 俾倪：同“睥睨”，斜视，旁若无人，高傲的态度。

⑭ 遍赞宾客：向宾客一一介绍侯生。赞，告诉。

⑮ 为寿：举杯祝福。

⑯ 抱关者：守门的人。

⑰ 就：成就。

⑱ 留军壁邺：命令军队停下，驻扎在邺(今河北临漳)地。

⑲ 让：责备。

⑳ “安在”句：什么地方能表现公子是关心别人困难的呢？

㉑ “欲以”句：想带着门客一同去与秦军拼命。

㉒ “我岂”句：难道我有什么过失吗？

㉓ 无他端：别无其他办法。

㉔ 尚安事客：还用得着(我这个)门客么？事，用。

㉕ 屏人间语：叫旁人走开，悄悄地说。

㉖ 资之：积在心里。

㉗ 伐：功业。

㉘ 嚄唶(huò zè)宿将：有威势的老将。嚄唶，高声呼笑，气势威严。

㉙ 亲数存之：多次亲自慰问我。

㉚ 效命之秋：出死力的时候。

㉛ 送：这里有“报答”之意。
㉜ 何如哉：怎么回事呀？
㉝ 勒兵：整顿军队。
㉞ 负韊(lán)矢：背着箭筒，为当时隆重的礼节。
㉟ 北乡自刭：面向北方自杀。乡，通“向”。

鉴赏

这篇文章节选自《魏公子列传》，是《史记》中一篇脍炙人口的名作。就叙录历史事件来说，“救赵”是文章的中心，写信陵君礼贤下士的大段文字全为救赵张本。从传记文学的角度看，前半写下士，后半写得士之用，二者都是为了刻画信陵君这个战国时代的名公子。《史记评林》录明代人茅坤之言曰：“信陵君是太史公胸中得意人，故本传亦太史公得意文。”分析这篇文章，首先要看司马迁是怎样写他胸中得意人的。

世之论信陵君者，多以为他的“下士”不同于平原君的“徒为豪举”，也不同于孟尝君的网罗鸡鸣狗盗之徒，好像他的“下士”完全出于天性，没有功利的目的。其实未必如此。各人个性不同，因此，同为贵公子，“下士”的具体动机、态度可能并不一样。但把这一行为放在当时的历史背景下来考察，便会发现，这些宗室亲贵的“礼贤下士”，都不是没有目的的。当时七国纷争，互相杀伐，诸侯进则欲并吞友邻与国以广霸业，退则求所以安社稷、保邦家。在一国之内，也是尔虞我诈，互相争夺，作为宗室贵近，位居公子的人，为了巩固自己的政治地位，或养士以延誉国中，或广蓄羽翼以备缓急，信陵君又何尝能够例外？他高出诸公子之上的地方，在于他“下士”除了上述目的之外，还体现了为国求贤。他一生勋绩卓著的事业，在于抗秦存赵。魏赵唇齿之邦，救赵即所以保魏，这是很浅近的道理。司马迁写信陵君，着意突出他爱国精神的一面。在救赵之后，写了他“留赵十年不归，秦闻公子在赵，日夜出兵伐魏”。归魏之后，又写他将五诸侯兵破秦于河外的事迹。传的结尾还补了一笔：信陵君死后十八年，秦“虏魏王，屠大梁”，终于灭亡了魏国(按，以上均《魏公子列传》后段所记，本文引原文仅至救赵止，未具录)。这样组织材料，显然在于表明信陵君一身系魏国之安危，以突出其爱国者的形象。这样写，他自然站得比春申、平原、孟尝等贵公子高出一等。这是司马迁刻画他“胸中得意人”的立足点。

其次，信陵君为国求士，态度确实与别的公子不同。司马迁对信陵君的刻画，在这方面也最为着力。人皆知信陵君“下士”，不分等第、身份、地位，却很少有人留意到，他对这些士的才识品节，事先有充分的考察和认识。他以厚礼待侯生、朱亥，这两个人果然在关键时刻为他谋划出力，直至身殉。这样写，就显出信陵君具有高人一等的识力，所谓“慧眼识英雄”。

写信陵君亲迎侯生赴家宴一场，笔触极细，是本文前半部最精彩动人的地方。侯生是个心怀韬略的隐者。他与信陵君同处大梁，近在咫尺，不可能不知道信陵君爱士。但他从不曾干谒过这位贵公子。显然，他持身严谨，在动荡纷繁的战国政局中，要择主而事。因此，公子送他厚礼，他一口拒绝。待公子亲自带车骑来接他赴家宴，他又一再考验公子的诚意。以信陵君的身份，亲自驾车，虚左以待，于侯生不可谓不恭不诚；这个守门老人却毫不谦逊地上车，公然坐于上座，以观公子颜色。车行途中，侯生又提出要公子驾车送他去市场上看望他的朋友——屠者朱亥，横生枝节。到了朱亥处，故意“久立，与其客语”，旁若无人，再一次考验公子。公子的反应却是“执辔愈恭”“颜色愈和”“色终不变”。与此同时，司马迁还骋其“石有三面，树有四枝”之笔，插叙公子府中“置酒大宴宾客”“魏将相宗室宾客满堂，待公子举酒”“市人皆观公子执辔，从骑皆窃骂侯生”的场景。一边急如星火，一边慢吞吞若无其事，愈益烘托出公子屈躬下士的虔诚，文字也显得一波三折，峰峦迭起，极富戏剧性。及至侯生车到，满堂贵客等了半天，没想到公子亲自驾车迎来的竟是这样一个衣冠褴褛的守门老头，自然要“宾客皆惊”。这一惊，衬出了公子为人不同凡俗，公子此举出人意表。刻画一个人物，能使之不同凡俗，出人意表，自然能给读者留下深刻难忘的印象，人物鲜明、独特的个性也就凸显出来了。

“窃符救赵”一节，是后半部分最激动人心的文字，司马迁把人物写得“精神血气，无所不具”，如见如闻。强秦是六国共同的敌人，赵、魏是唇齿相依的邻国，赵国的平原君又是天下闻名的贤公子、信陵君的姐夫。当赵国首都邯郸被秦兵包围，危在旦夕的时候，平原君夫妇驰书求救于魏王和信陵君。行文至此，波澜复起，魏王本已派老将晋鄙率十万大军救赵，不意秦王书来，横加威胁。魏王慑于强秦的军威，怕引火烧身，传令晋鄙停止进军，情况再趋严重。文情至此，雨骤风狂；信陵君的人格威望，受到了严峻的挑战。他既担心唇亡齿寒，又无法说服魏王进兵。在这紧急关头，信陵君迫于公谊私情，别无选择，准备带领他的门客死士，同赴秦军，与赵国共存亡。这当然是极其悲壮的抉择，却是一条以肉投饿虎的下策。偏偏在这生死存亡千钧一发之际，曾受过公子厚遇的侯生和朱亥，竟匿不见面。直到公子车骑过夷门，见侯生，主动告诉他准备赴秦军决死的打算，侯生依然冷漠相待，辞以不能同行。读文至此，不禁心头一冷，以为赵必亡，魏必危，公子必死，而深恨人心若水，交道难论；却不料公子引车去而复返，愿闻过于侯生，引出侯生“窃符救赵”一番奇策高论，真如山穷水尽，忽又柳暗花明。至此信陵君顿消前念，用侯生之谋，如姬果然冒死为公子窃得虎符，朱亥果然为公子效命椎杀晋鄙，侯生也果然如约“北向自刭”以报公子，信陵君终于完成了却秦存赵的不世之功。如姬之乐于冒死窃符，是因为公子借士之力替她报了父仇。写如姬，写侯生，写朱亥，都为了突出士的作用；写士乐为公子用，愿为公子死，又无不是着力刻画公子的品节高义，深得人心。文章一起，从礼遇侯生缓缓写来，信笔点染，娓娓而道。写到强秦围赵，渐觉风起云涌，波翻浪急；及至却秦存赵，则风驰电掣，四方辐辏，全文结穴。至此，每个人物都显示了作用，对囊者朱亥之不谢公子，也作了交代。回观前段缓缓写来，似信笔点染之处，竟无一处闲笔；而信陵君为国忘身之忠，谦逊下士之诚，急人危难之义，都得到酣畅淋漓、入木三分的刻画。一个崇高、丰满的形象，终于矗立于历史舞台，在后世读者心中，激起了永不平静的波澜，把司马迁对信陵君无限倾慕之意，化作了读者自己的感情，兴起“微斯人吾谁与归”的感叹。

信陵君窃符救赵这篇文章，是现实主义与浪漫主义手法交相为用的产物，是史乘资料与“旁搜异闻”的和谐统一体，其间取舍增删，都凝注着司马迁的思想感情。比如，却秦存赵之所以取得胜利，本非信陵君一人之力。当时楚国的春申君也曾率师救赵；平原君散家财、募死士三千人，却秦军三十里，也是取胜的重要原因（事见《史记·平原君列传》）。司马迁在这里却归美于信陵君一人，表现出鲜明的感情倾向。司马迁之所以如此倾慕信陵君，以满腔激情歌颂信陵君，是与他自己的遭遇和政治思想分不开的。他在《报任少卿书》中说过“士为知己者用，女为说（悦）己者容”的话。他感慨世无知己，自己“虽有形而不彰，徒有能而不陈”；深叹“何穷达之易惑，信美恶之难分”（《悲士不遇赋》)。当他身陷冤狱的时候,“交游莫救,左右亲近不为一言”(《报任少卿书》)。他从这种切身遭遇出发,热切希望统治阶级中出现信陵君那样屈身下士的人物,使“才怀随和,行若由夷”之士(其才智如随侯之珠、卞和之璧一样美,品德像古代许由、伯夷一样高尚),终能展其奇策才力,建功立业。自然,他这种理想在封建社会里是注定了无法实现的,就连他笔下尽情歌颂的信陵君,也终于因谗被毁,郁郁病酒以终,成了项羽、李广一类的悲剧人物,这是时代的悲哀。

(赖汉屏)

廉颇蔺相如列传

原文

廉颇者，赵之良将也。赵惠文王十六年[①]，廉颇为赵将，伐齐，大破之，取阳晋[②]，拜为上卿，以勇气闻于诸侯。蔺相如者，赵人也，为赵宦者令缪贤舍人[③]。

赵惠文王时，得楚和氏璧[④]。秦昭王闻之，使人遗赵王书，愿以十五城请易璧。赵王与大将军廉颇、诸大臣谋：欲予秦，秦城恐不可得，徒见欺；欲勿予，即患秦兵之来。计未定，求人可使报秦者，未得。宦者令缪贤曰："臣舍人蔺相如可使。"王问："何以知之？"对曰："臣尝有罪，窃计欲亡走燕。臣舍人相如止臣，曰：'君何以知燕王？'臣语曰：'臣尝从大王与燕王会境上，燕王私握臣手，曰："愿结友。"以此知之，故欲往。'相如谓臣曰：'夫赵强而燕弱，而君幸于赵王，故燕王欲结于君。今君乃亡赵走燕，燕畏赵，其势必不敢留君，而束君归赵矣。君不如肉袒伏斧质请罪，则幸得脱矣。'臣从其计，大王亦幸赦臣。臣窃以为其人勇士，有智谋，宜可使。"于是王召见，问蔺相如曰："秦王以十五城请易寡人之璧，可予不？"相如曰："秦强而赵弱，不可不许。"王曰："取吾璧，不予我城，奈何？"相如曰："秦以城求璧而赵不许，曲在赵；赵予璧而秦不予赵城，曲在秦。均之二策，宁许以负秦曲。"王曰："谁可使者？"相如曰："王必无人，臣愿奉璧往使。城入赵而璧留秦；城不入，臣请完璧归赵。”赵王于是遂遣相如奉璧西入秦。

秦王坐章台[5]见相如。相如奉璧奏秦王。秦王大喜，传以示美人及左右，左右皆呼万岁。相如视秦王无意偿赵城，乃前曰：“璧有瑕，请指示王。”王授璧，相如因持璧却立，倚柱，怒发上冲冠，谓秦王曰：“大王欲得璧，使人发书至赵王，赵王悉召群臣议，皆曰：‘秦贪，负其强，以空言求璧，偿城恐不可得。’议不欲予秦璧。臣以为布衣之交尚不相欺，况大国乎！且以一璧之故逆强秦之驩，不可。于是赵王乃斋戒五日，使臣奉璧，拜送书于庭。何者？严大国之威以修敬也[6]。今臣至，大王见臣列观[7]，礼节甚倨；得璧，传之美人，以戏弄臣。臣观大王无意偿赵王城邑，故臣复取璧。大王必欲急臣，臣头今与璧俱碎于柱矣！”相如持其璧睨柱，欲以击柱。秦王恐其破璧，乃辞谢固请，召有司案图[8]，指从此以往十五都予赵。相如度秦王特以诈，佯为予赵城，实不可得，乃谓秦王曰：“和氏璧，天下所共传宝也。赵王恐，不敢不献。赵王送璧时，斋戒五日，今大王亦宜斋戒五日，设九宾于廷[9]，臣乃敢上璧。”秦王度之，终不可强夺，遂许斋五日。舍相如广成传[10]。相如度秦王虽斋，决负约不偿城，乃使其从者衣褐，怀其璧，从径道[11]亡，归璧于赵。

秦王斋五日后，乃设九宾礼于廷，引赵使者蔺相如。相如至，谓秦王曰：“秦自缪公[12]以来二十余君，未尝有坚明约束[13]者也。臣诚恐见欺于王而负赵，故令人持璧归，间至赵矣。且秦强而赵弱，大王遣一介之使至赵，赵立奉璧来；今以秦之强，而先割十五都予赵，赵岂敢留璧而得罪于大王乎？臣知欺大王之罪当诛，臣请就汤镬[14]。唯大王与群臣孰计议之！”秦王与群臣相视而嘻[15]。左右或欲引相如去，秦王因曰：“今杀相如，终不能得璧也，而绝秦、赵之驩，不如因而厚遇之，使归赵。赵王岂以一璧之故欺秦邪！”卒廷见相如，毕礼而归之。

相如既归，赵王以为贤大夫，使不辱于诸侯，拜相如为上大夫[16]。秦亦不以城予赵，赵亦终不予秦璧。

其后秦伐赵，拔石城[17]。明年，复攻赵，杀二万人。秦王使使者告赵王，欲与王为好，会于西河外渑池[18]。赵王畏秦，欲毋行。廉颇、蔺相如计曰：“王不行，示赵弱且怯也。”赵王遂行，相如从。廉颇送至境，与王诀曰：“王行，度道里会遇之礼毕，还，不过三十日；三十日不还，则请立太子为王，以绝秦望。”王许之，遂与秦王会渑池。秦王饮酒酣，曰：“寡人窃闻赵王好音，请奏瑟！”赵王鼓瑟。秦御史前，书曰：“某年月日，秦王与赵王会饮，令赵王鼓瑟。”蔺相如前曰：“赵王窃闻秦王善为秦声，请奏盆缻[19]秦王，以相娱乐。”秦王怒，不许。于是相如前进缻，因跪请秦王。秦王不肯击缻。相如曰：“五步之内，相如请得以颈血溅大王矣！”左右欲刃相如，相如张目叱之，左右皆靡。于是秦王不怿，为一击缻。相如顾召赵御史书曰:"某年月日,秦王为赵王击缻。"秦之群臣曰:"请以赵十五城为秦王寿"。蔺相如亦曰:"请以秦之咸阳为赵王寿。"秦王竟酒,终不能加胜于赵。赵亦盛设兵以待秦,秦不敢动。

既罢,归国,以相如功大,拜为上卿,位在廉颇之右[20]。廉颇曰:"我为赵将,有攻城野战之大功,而蔺相如徒以口舌为劳,而位居我上。且相如素贱人,吾羞,不忍为之下。"宣言曰:"我见相如,必辱之!"相如闻,不肯与会。相如每朝时,常称病,不欲与廉颇争列。已而相如出,望见廉颇,相如引车避匿。于是舍人相与谏曰:"臣所以去亲戚而事君者,徒慕君之高义也。今君与廉颇同列,廉君宣恶言,而君畏匿之,恐惧殊甚。且庸人尚羞之,况于将相乎! 臣等不肖,请辞去。"蔺相如固止之,曰:"公之视廉将军孰与秦王[21]?"曰:"不若也。"相如曰:"夫以秦王之威,而相如廷叱之,辱其群臣;相如虽驽,独畏廉将军哉! 顾吾念之,强秦之所以不敢加兵于赵者,徒以吾两人在也。今两虎共斗,其势不俱生。吾所以为此者,以先国家之急,而后私仇也!"廉颇闻之,肉袒负荆[22],因宾客至蔺相如门谢罪。曰:"鄙贱之人,不知将军宽之至此也。"卒相与驩,以刎颈之交。

是岁,廉颇东攻齐,破其一军。居二年,廉颇复伐齐幾[23],拔之。后三年,廉颇攻魏之防陵、安阳[24],拔之。后四年,蔺相如将而攻齐,至平邑[25]而罢。其明年,赵奢破秦军阏与[26]下。

赵奢者，赵之田部吏也。收租税而平原君[27]家不肯出租，奢以法治之，杀平原君用事者九人。平原君怒，将杀奢。奢因说曰："君于赵为贵公子。今纵君家而不奉公，则法削；法削则国弱；国弱则诸侯加兵。诸侯加兵，是无赵也，君安得有此富乎！以君之贵，奉公如法，则上下平；上下平则国强；国强则赵固；而君为贵戚，岂轻于天下邪！"平原君以为贤，言之于王。王用之治国赋，国赋大平，民富而府库实。

秦伐韩，军于阏与。王召廉颇而问曰："可救不？"对曰："道远险狭，难救。"又召乐乘[28]而问焉，乐乘对如廉颇言。又召问赵奢，奢对曰："其道远险狭，譬之犹两鼠斗于穴中，将勇者胜。"王乃令赵奢将，救之。

兵去邯郸三十里，而令军中曰："有以军事谏者死！"秦军军武安[29]西。秦军鼓噪勒兵[30]，武安屋瓦尽振。军中候有一人言急救武安，赵奢立斩之。坚壁[31]，留二十八日不行，复益增垒。秦间来入，赵奢善食而遣之。间以报秦将，秦将大喜曰："夫去[32]国三十里而军不行，乃增垒，阏与非赵地也！"赵奢既已遣秦间，乃卷甲而趋之[33]，二日一夜至。令善射者去阏与五十里而军。军垒成，秦人闻之，悉甲而至。军士许历请以军事谏。赵奢曰："内之！"许历曰："秦人不意赵师至此，其来气盛，将军必厚集其阵以待之。不然，必败。"赵奢曰："请受令！"

许历曰："请就铁质之诛！"赵奢曰："胥后令邯郸[34]！"许历复请谏，曰："先据北山上者胜，后至者败。"赵奢许诺，即发万人趋之。秦兵后至，争山，不得上；赵奢纵兵击之，大破秦军。秦军解而走[35]，遂解阏与之围而归。

赵惠文王赐奢号为马服君[36]，以许历为国尉[37]。赵奢于是与廉颇、蔺相如同位。

后四年，赵惠文王卒，子孝成王立。七年，秦与赵兵相距长平[38]，时赵奢已死，而蔺相如病笃，赵使廉颇将攻秦。秦数败赵军，赵军固壁不战。秦数挑战，廉颇不肯。赵王信秦之间。秦之间言曰："秦之所恶，独畏马服君赵奢之子赵括为将耳。"赵王因以括为将，代廉颇。蔺相如曰："王以名使括，若胶柱而鼓瑟[39]耳。括徒能读其父书传，不知合变也。"赵王不听，遂将之。

赵括自少时学兵法，言兵事，以天下莫能当。尝与其父奢言兵事，奢不能难，然不谓善。括母问奢其故，奢曰："兵，死地也，而括易言之。使赵不将括即已，若必将之，破赵军者必括也！"及括将行，其母上书言于王曰："括不可使将！"王曰："何以？"对曰："始妾事其父，时为将。身所奉饭饮而进食者以十数，所友者以百数；大王及宗室所赏赐者尽以予军吏士大夫；受命之日，不问家事。今括一旦为将，东向而朝，军吏无敢仰视之者；王所赐金帛，归藏于家，而日视便利田宅，可买者买之。王以为何如其父？父子异心，愿王勿遣！"王曰："母置之，吾已决矣!”括母因曰:“王终遣之,即有如不称,妾得无随坐乎?”王许诺。

赵括既代廉颇,悉更约束,易置军吏。秦将白起闻之,纵奇兵,佯败走,而绝其粮道,分断其军为二,士卒离心。四十余日,军饿,赵括出锐卒自搏战。秦军射杀赵括。括军败,数十万之众遂降秦,秦悉阬之。赵前后所亡凡四十五万。明年,秦兵遂围邯郸,岁余,几不得脱。赖楚、魏诸侯来救,乃得解邯郸之围。赵王亦以括母先言,竟不诛也。

自邯郸围解五年,而燕用栗腹[40]之谋,曰:“赵壮者尽于长平,其孤未壮。”举兵击赵。赵使廉颇将,击,大破燕军于鄗[41],杀栗腹,遂围燕。燕割五城请和,乃听之。赵以尉文[42]封廉颇为信平君,为假相国。

廉颇之免长平归也,失势之时,故客尽去;及复用为将,客又复至。廉颇曰:“客退矣!”客曰:“吁!君何见之晚也!夫天下以市道交,君有势,我则从君;君无势则去。此固其理也,有何怨乎?”居六年,赵使廉颇伐魏之繁阳[43],拔之。

赵孝成王卒,子悼襄王立,使乐乘代廉颇。廉颇怒,攻乐乘,乐乘走。廉颇遂奔魏之大梁。其明年,赵乃以李牧为将而攻燕,拔武遂、方城[44]。

廉颇居梁久之,魏不能信用。赵以数困于秦兵,赵王思复得廉颇,廉颇亦思复用于赵。赵王使使者视廉颇尚可用否。廉颇之仇郭开多与使者金，令毁之。赵使者既见廉颇，廉颇为之一饭斗米，肉十斤，被甲上马，以示尚可用。赵使还报王曰："廉将军虽老，尚善饭；然与臣坐，顷之，三遗矢矣！"赵王以为老，遂不召。

楚闻廉颇在魏，阴使人迎之。廉颇一为楚将，无功，曰："我思用赵人！"廉颇卒死于寿春[45]。

李牧者，赵之北边良将也。常居代雁门[46]，备匈奴。以便宜置吏，市租皆输入莫府，为士卒费。日击数牛飨士，习射骑，谨烽火，多间谍，厚遇战士。为约曰："匈奴即入盗，急入收保，有敢捕虏者，斩！"匈奴每入，烽火谨，辄入收保，不敢战。如是数岁，亦不亡失。然匈奴以李牧为怯，虽赵边兵亦以为吾将怯。赵王让李牧，李牧如故。赵王怒，召之，使他人代将。

岁余，匈奴每来，出战；出战数不利，失亡多，边不得田畜。复请李牧。牧杜门不出，固称疾。赵王乃复强起使将兵，牧曰："王必用臣，臣如前，乃敢奉令。"王许之。

李牧至，如故约。匈奴数岁无所得，终以为怯。边士日得赏赐而不用，皆愿一战。于是乃具选车得千三百乘，选骑得万三千匹，百金之士[47]五万人，彀者十万人，悉勒习战，大纵畜牧，人民满野。匈奴小入，佯北不胜，以数千人委之。单于闻之，大率众来入。李牧多为奇陈，张左右翼击之，大破杀匈奴十余万骑。灭襜褴[48]，破东胡，降林胡，单于奔走。其后十余岁，匈奴不敢近赵边城。

赵悼襄王元年[49]，廉颇既亡入魏，赵使李牧攻燕，拔武遂、方城。居二年，庞煖[50]破燕军，杀剧辛[51]。后七年，秦破赵，杀将扈辄[52]于武遂城，斩首十万。赵乃以李牧为大将军，击秦军于宜安[53]，大破秦军，走秦将桓齮[54]。封李牧为武安君。居三年，秦攻番吾[55]，李牧击破秦军，南距韩、魏。

赵王迁七年[56]，秦使王翦攻赵，赵使李牧、司马尚[57]御之。秦多与赵王宠臣郭开金，为反间，言李牧、司马尚欲反。赵王乃使赵葱及齐将颜聚代李牧。李牧不受命。赵使人微捕得李牧，斩之。废司马尚。后三月，王翦因急击赵，大破，杀赵葱，虏赵王迁及其将颜聚，遂灭赵。

太史公曰：知死必勇；非死者难也，处死者难[58]。方蔺相如引璧睨柱，及叱秦王左右，势不过诛；然士或怯懦而不敢发。相如一奋其气，威信敌国，退而让颇，名重太山：其处智勇，可谓兼之矣！

注

① 赵惠文王十六年：公元前283年。

② 阳晋：齐邑，故址在今山东郓城西。

③ 宦者令：宫中宦官的首领。舍人：王公贵官的侍从宾客、亲近左右。

④ 楚和氏璧：楚人卞和得玉璞先后献给楚厉王、武王，琢玉的匠人都说是石头，王以为诳，先后断去其左右脚。文王立，卞和抱璞哭于山中，王使琢玉的匠人剖璞，得宝玉，因命为和氏璧。事见《韩非子·和氏篇》。

⑤ 章台：秦离宫名，故址在今陕西西安，渭水南岸。

⑥ “严大国”句：敬畏大国的威严而表明尊敬的心情。

⑦ 列观：一般的台观，不是举行重大典礼的地方。这里指章台。

⑧ 有司：职有专司的官吏。案图：依照地图。

⑨ 设九宾于廷：当时外交上最隆重的礼仪，由傧相九人依次传呼接引上殿。

⑩ 广成传(zhuàn)：宾馆名。传，传舍，宾馆。

⑪ 径道：小路。

⑫ 缪公：缪，同“穆”。穆公即秦穆公，春秋五霸之一。

⑬ 坚明约束：坚决明确地遵守信约。

⑭ 镬(huò)：大锅。

⑮ 嘻：这里指苦笑声。

⑯ 上大夫：古官名，周王室及诸侯各国，卿以下有大夫，分上、中、下三等。

⑰ 石城：赵邑名，故城在今河南林州西南。

⑱ 渑池：古城名，一作黾池，因南有黾池得名，在今河南渑池西。

⑲ 盆缻(fǒu)：盛酒的瓦器，秦人敲击作为唱歌的节拍。

⑳ 右：这里指上位。

㉑ “公之视”句：你们看廉将军比秦王怎么样？

㉒ 负荆：背着荆条表示愿受责打，古代表示认错服罪。

㉓ 幾：古地名，在今河北大名东南。

㉔ 防陵：古地名，在今河南安阳南。安阳：古地名，在今河南安阳东南。

㉕ 平邑：赵邑名，在今河南濮阳南乐东北平邑村。

㉖ 阏与：战国时韩邑，后属赵；故城在今山西和顺西北。

㉗ 平原君：赵胜，战国四公子之一，因封于东武(今山东武城西北)，故称为平原君。

㉘ 乐乘：赵将，曾因功封为武襄君。

㉙ 武安：赵邑，故城在今河北邯郸武安。

㉚ 鼓噪：击鼓呐喊。勒兵：治军。此指操练人马。

㉛ 坚壁：坚守营垒。

㉜ 去：离开。

㉝ 卷甲而趋之：脱下铠甲轻装奔袭敌人。

㉞ 胥后令邯郸：等待邯郸随后来的命令。胥，同“须”，等待。赵奢既赞赏许历的进谏，又不便改变其军令，故用缓词，说等待日后凯旋邯

郸,由赵王发落。

㉟ 解而走:被打散逃跑。

㊱ 马服君:以马服山为赵奢封号。马服山在今邯郸西北。

㊲ 国尉:官名,职位仅次于将军。

㊳ 长平:赵邑,在今山西高平西北。

㊴ 胶柱而鼓瑟:柱为琴瑟上支弦的小木。鼓瑟成调,先须转柱调弦,若胶柱则不能定音,就弹不成曲调了。比喻赵括死读兵书,不会活用。

㊵ 栗腹:时为燕相。曾鼓动燕王乘危伐赵,事见《史记·燕召公世家》。

㊶ 鄗(hào):赵邑,在今河北邢台柏乡北。

㊷ 尉文:邑名,在赵国西北境,今地不详。

㊸ 繁阳:魏邑,在今河南内黄东北。

㊹ 武遂:燕邑,在今河北徐水。方城:燕邑,在今河北固安南。

㊺ 寿春:楚地,即今安徽六安寿县。

㊻ 代:古国名,战国时其地属赵国。雁门:赵郡名,在今山西西北一带。

㊼ 百金之士:曾荣获百金赏赐的勇士。

㊽ 襜(dān)褴:当时少数民族所建国名,在代国的北面。

㊾ 赵悼襄王元年:公元前244年。

㊿ 庞煖:赵将,素与剧辛交好。剧辛为燕伐赵,被他所杀。

51 剧辛:赵人,后仕燕为将。

52 扈辄:赵将。

53 宜安:赵邑,在今河北藁城西南。

54 桓齮(yǐ):秦将,曾杀扈辄。

55 番(pān)吾:赵邑,在今河北平山南。

56 赵王迁七年:公元前229年。

57 司马尚:赵将,时与李牧同御王翦。李牧死,被罢黜废免。

58 "知死"三句:知道自己将死而泰然处之,必定是大勇之人。死并非难事,难的是从容地对待死。

鉴赏

本篇合传与附传兼备,以写廉颇、蔺相如为主,后面附有赵奢、赵括、李牧等人的事迹。通过这五人的传略，反映了赵国从赵惠文王到赵王迁七十年间的兴亡史，同时也反映出如何使用人才的问题；强调了君主善于举贤授能，知人善任，国家就强盛，君主若良莠不分，忠奸不辨，国家就败亡的主题。

全文主要写了四个有名的故事，即“完璧归赵”“渑池之会”“廉蔺交欢”及“长平之战”。文章以双起法开篇，同时推出廉颇与蔺相如，而后又单写蔺相如，将廉颇的悬念留给了读者。写蔺相如，则先借缪贤之口，道出其平时为人的性格，推崇其临机处事的智谋，为下文张本。接着才开始“完璧归赵”的故事。“完璧归赵”一事不见于《战国策》，司马迁当另有所据。整段文字写来紧凑有力，情景细腻逼真。喜怒见于色，须眉见于形，可谓理明而辞畅。短短的数语，就将紧张、危险的场面，勇敢机智的人物形象表现得淋漓尽致，不禁使人由其文而想见其人，设想其事。其中尤以持璧睨柱一段最为精彩。接下来写秦王斋戒后相如徒手晋见，及今读之，犹不禁让人为之捏一把冷汗。但作者行文却从容不迫，由相如的一席话立刻将紧张的局势化为轻松，干戈化为玉帛，最后“毕礼而归之”。写来入情入理，不着痕迹；读来令人荡气回肠，时觉有一段激越悠扬的乐音回荡在心灵深处。“渑池之会”的情景则如戏，如电影。这一段文字留给读者以广阔的想象空间。那紧张危险、激动人心的场面，历历如在目前；那舌剑唇枪、互不相让的口战，仿佛就在耳旁。在这里，描写的已不是宴饮的好会，而是两国人才、智慧、勇气的决斗，是一处没有硝烟的战场。作者用他那如椽巨笔生动而富于戏剧性地刻画了蔺相如灵活机智，不畏强暴，据理力争的英雄形象。行文紧张刺激，历历如见。在“廉蔺交欢”中，廉颇才开始正式登场。在这里，作者的写法是两人并重。先写蔺相如度量宽宏，先公后私的襟怀，次写廉颇识大局，勇于改过的勇气。在当时，廉颇以百战功勋、国家重臣、齿德兼隆的身份，向蔺相如这位后起之秀负荆请罪，可知作者突出表现的是廉颇之勇气，用笔实胜过对蔺相如之宽容的刻画，廉颇性格中真率、憨直的一面也跃然纸上。“长平之战”着重于成败之由、得失之故。作者以无可辩驳的事实说明君主能否知人善任，关系到一个国家兴亡。宋代洪迈说：“赵括之不宜为将，其父以为不可，母以为不可，大臣以为不可；秦王知之，相应侯知之，将白起知之，独赵王以为可。故用之而败。”（《容斋随笔》卷二）长平之战的教训是惨痛的，但赵国君主仍不引以为戒，依然偏听偏信，终使廉颇报国无门，客死异邦；李牧蒙受冤屈，惨遭刑戮。赵王自断手足，自毁长城，其国不灭，难矣！

司马迁通过这四个故事成功地塑造出几个性格鲜明的人物形象。首先，司马迁善于在矛盾冲突中表现人物。他写蔺相如，主要通过完璧归赵、渑池之会、廉蔺交欢三个重要情节表现蔺相如的智勇。这三个故事反映了两种矛盾。

一是秦赵之间的矛盾，一是廉蔺之间的矛盾。第一个矛盾也是主要矛盾，促成了蔺相如得以表现他的大智大勇，使赵国取得一个又一个胜利，他自己的地位也由一个普通门客提升为上卿，位在廉颇之右。这样，秦赵两国之间矛盾发展的结果，又构成了将相之间矛盾的前因，随秦赵矛盾的暂时缓和，廉蔺之间的矛盾突出了。但主要矛盾的始终存在，蔺相如的高瞻远瞩及廉颇的刚直敦厚使得廉蔺之间的矛盾终于得以消解。司马迁就在这两个矛盾的展开中完成了他理想中典型的儒家将相的形象塑造。其次，司马迁还善于在对比中显示人物的性格。所谓个性，就是这个人区别于其他人的独特的性格，这种区别也只有在对比中才能鲜明地表现出来。如蔺相如对强秦的英勇无畏与对廉颇的谦让退避；廉颇对蔺相如的前倨与后恭；蔺相如的大智大勇与秦王的色厉内荏；赵奢用兵之明与赵括纸上谈兵；众人对赵括的明察与赵王对赵括的不察……这些对比，就像画家用了鲜明的色彩一样，使人的感观出现强烈的反差，作者所要表现的形象就强烈地留在读者的脑海里了。

另外，司马迁也是塑造典型的大师。他笔下的每一个传记都有一个生命，他所有的素材都为之而组织。他尽可能去创造、去维护、去发扬这一生命。从某种意义上来说，司马迁可谓一个出色的摄影师，他总是选取最好的镜头，捕捉最完美的瞬间。在同一景色里，他会为他们拍合影，但更多的是特写。他能准确地把握作品的重心,由于这重心而构成了整个作品的完整。在这种意味上,他又是一个卓越的肖像画家,也是一个优异的雕刻家。同时,他也像一个大音乐家一样,在他的作品里奏着独有的旋律。而这旋律,使他的文章有着无比的韵味。在他精心谱写的旋律的起承转合处,可以强烈地体会到司马迁对结构是何等地惨淡经营而又挥洒自如,匠心独运。在本文所写的众人中,廉颇为赵国宿将,而死于最后。故行文以廉颇为经,以蔺相如、赵奢、赵括、李牧为纬,对这些人的记述详备,而对廉颇反而简略。于此最见司马迁意匠之妙。在叙次诸人时,又以廉颇缨络其间,前后一线相承,不致散漫。李牧最晚出,而死于廉颇之后,故司马迁先安排李牧与廉颇事迹相关之处,再详细叙李牧之事,中间再次点出廉颇,尽得参差之法。在这里,司马迁为增加文字结构之美,已把廉颇作为一种重复的事项,让他的出现就像一种旋律,又像建筑长廊中的列柱似的,构成一种连绵回环的气势。在文章的末尾,太史公的评又留有独特的余韵,令人读后掩卷深思。从这一点上,可以看出司马迁不仅构筑了结构宏大的《史记》纪传体例,而且在结构的每一细节上他更是精雕细刻,极尽巧匠之能事。

本文的语言,无论是叙事,还是对话,都达到极高的境界。其叙事语言奇而韵。所谓奇,就是自秦文的矫健而变为疏荡淡远;所谓韵,就是经楚辞的洗礼,使疏荡处不流于偏枯躁急。其对话语言极为贴切与传神,起到叙事语言所无法替代与企及的功效。整篇文字笔酣墨饱,神完气足,令人把玩不已!

（安平秋　李　宇）

魏其武安侯列传

原文

魏其[①]侯窦婴者，孝文后从兄子也。父世观津[②]人，喜宾客。孝文时，婴为吴相，病免。孝景初即位，为詹事[③]。

梁孝王者，孝景弟也，其母窦太后爱之。梁孝王朝，因昆弟燕[④]饮。是时上未立太子，酒酣，从容[⑤]言曰："千秋之后[⑥]传梁王。"太后欢。窦婴引卮酒进上，曰："天下者，高祖天下；父子相传，此汉之约也。上何以得擅传梁王！"太后由此憎窦婴；窦婴亦薄其官，因病免。太后除窦婴门籍[⑦]，不得入朝请。

孝景三年，吴、楚反，上察宗室、诸窦毋如窦婴贤，乃召婴。婴入见，固辞谢病不足任。太后亦惭。于是上曰："天下方有急，王孙[⑧]宁可以让邪？"乃拜婴为大将军，赐金千斤。婴乃言袁盎、栾布诸名将贤士在家者进之。所赐金，陈之廊庑下，军吏过，辄令财取为用。金无入家者。窦婴守荥阳，监齐、赵兵。七国兵已尽破，封婴为魏其侯。诸游士、宾客争归魏其侯。孝景时，每朝议大事，条侯、魏其侯，诸列侯莫敢与亢礼[⑨]。

孝景四年，立栗太子，使魏其侯为太子傅。孝景七年，栗太子废；魏其数争，不能得。魏其谢病，屏居[⑩]蓝田南山之下数月。诸宾客、辩士说之，莫能来。梁人高遂乃说魏其曰："能富贵将军者，上也；能亲将军者，太后也。今将军傅太子，太子废而不能争；争不能得，又弗能死。自引谢病，拥赵女，屏闲处而不朝。相提而论，是自明扬主上之过。有如两宫螫将军[11]，则妻子毋类[12]矣。"魏其侯然之，乃遂起，朝请如故。

桃侯免相，窦太后数言魏其侯。孝景帝曰："太后岂以为臣有爱[13]，不相魏其？魏其者，沾沾自喜耳，多易[14]。难以为相，持重[15]。"遂不用；用建陵侯卫绾为丞相。

武安侯田蚡者，孝景后同母弟也，生长陵。魏其已为大将军后，方盛，蚡为诸郎[16]，未贵，往来侍酒魏其，跪起如子姓。及孝景晚节，蚡益贵幸，为太中大夫。蚡辩有口[17]，学《槃盂》诸书，王太后贤之。孝景崩，即日太子立，称制[18]，所镇抚多有田蚡宾客计策。蚡弟田胜，皆以太后弟，孝景后三年封蚡为武安侯，胜为周阳侯。

武安侯新欲用事[19]为相，卑下宾客，进名士，家居者贵之，欲以倾魏其诸将相。建元元年，丞相绾病免，上议置丞相、太尉。籍福说武安侯曰："魏其贵久矣，天下士素归之。今将军初兴，未如魏其；即上以将军为丞相，必让魏其。魏其为丞相，将军必为太尉。太尉、丞相尊等耳，又有让贤名。"武安侯乃微言太后，风上[20]，于是乃以魏其侯为丞相，武安侯为太尉。籍福贺魏其侯，因吊[21]曰："君侯资性喜善疾恶。方今善人誉君侯，故至丞相；然君侯且疾恶，恶人众，亦且毁君侯。君侯能兼容，则幸久；不能，今以毁去矣。”魏其不听。

魏其、武安俱好儒术，推毂[22]赵绾为御史大夫，王臧为郎中令；迎鲁申公，欲设明堂[23]。令列侯就国，除关[24]，以礼为服制[25]，以兴太平。举适诸窦宗室毋节行者[26]，除其属籍[27]。时诸外家[28]为列侯，列侯多尚[29]公主，皆不欲就国，以故毁日至窦太后。太后好黄、老[30]之言，而魏其、武安、赵绾、王臧等务隆推儒术，贬道家言，是以窦太后滋不说魏其等。及建元二年，御史大夫赵绾请无奏事东宫。窦太后大怒，乃罢逐赵绾、王臧等，而免丞相、太尉。以柏至侯许昌为丞相，武强侯庄青翟为御史大夫。魏其、武安由此以侯家居。

武安侯虽不任职，以王太后故，亲幸；数言事，多效，天下吏士趋势利者皆去魏其归武安。武安日益横。建元六年，窦太后崩，丞相昌、御史大夫青翟坐丧事不办，免。以武安侯蚡为丞相，以大司农韩安国为御史大夫。天下士郡诸侯愈益附武安。

武安者，貌侵[31]，生贵甚。又以为诸侯王多长，上初即位，富于春秋[32]；蚡以肺腑[33]为京师相，非痛折节以礼诎之[34]，天下不肃。当是时，丞相入奏事，坐语移日[35]，所言皆听。荐人或起家至二千石，权移主上。上乃曰：“君除吏已尽未？吾亦欲除吏！”尝请考工地[36]益宅，上怒曰：“君何不遂取武库！”是后乃退。尝召客饮，坐其兄盖侯南乡，自坐东乡：以为汉相尊，不可以兄故私桡[37]。武安由此滋骄，治宅甲诸第。田园极膏腴，而市买郡县器物相属于道。前堂罗钟鼓，立曲旃[38]；后房妇女以百数。诸侯奉金玉、狗马、玩好，不可胜数。

魏其失窦太后，益疏不用，无势。诸客稍稍自引而怠傲，唯灌将军独不失故。魏其日默默不得志，而独厚遇灌将军。

灌将军夫者，颍阴人也。夫父张孟，尝为颍阴侯婴舍人[39]，得幸，因进之至二千石，故蒙灌氏姓为灌孟。吴、楚反时，颍阴侯灌何为将军，属太尉，请灌孟为校尉。夫以千人与父俱。灌孟年老，颍阴侯强请之，郁郁不得意；故战常陷坚，遂死吴军中。军法：父子俱从军，有死事[40]，得与丧归。灌夫不肯随丧归，奋曰："愿取吴王若[41]将军头，以报父之仇。"于是灌夫被甲持戟，募军中壮士所善愿从者数十人。及出壁[42]门，莫敢前。独二人及从奴十数骑驰入吴军，至吴将麾下，所杀伤数十人。不得前，复驰还，走入汉壁，皆亡其奴，独与一骑归。夫身中大创十余，适有万金良药，故得无死。夫创少瘳[43]，又复请将军曰："吾益知吴壁中曲折，请复往。"将军壮义之，恐亡夫，乃言太尉。太尉乃固止之。吴已破，灌夫以此名闻天下。

颍阴侯言之上，上以夫为中郎将。数月，坐法去。后家居长安，长安中诸公莫弗称之。孝景时，至代相。孝景崩，今上初即位，以为淮阳天下交[44]，劲兵处[45]，故徙夫为淮阳太守。建元元年，入为太仆。二年，夫与长乐卫尉窦甫饮，轻重不得[46]。夫醉，搏甫。甫，窦太后昆弟也。上恐太后诛夫，徙为燕相。数岁，坐法去官，家居长安。

灌夫为人刚直，使酒，不好面谀。贵戚诸有势在己之右，不欲加礼，必陵之；诸士在己之左，愈贫贱，尤益敬，与钧[47]。稠人广众，荐宠下辈。士亦以此多[48]之。

夫不喜文学，好任侠，已[49]然诺。诸所与交通，无非豪杰大猾。家累数千万，食客日数十百人。陂池田园，宗族宾客为权利[50]，横于颍川。颍川儿乃歌之曰："颍水清，灌氏宁；颍水浊，灌氏族。"

灌夫家居虽富，然失势，卿相侍中宾客益衰。及魏其侯失势，亦欲倚灌夫，引绳批根[51]生平慕之后弃之者。灌夫亦倚魏其而通列侯、宗室为名高。两人相为引重，其游如父子然。相得欢甚，无厌，恨相知晚也。

灌夫有服[52]过丞相。丞相从容曰："吾欲与仲孺过魏其侯，会仲孺有服。"灌夫曰："将军乃肯幸临况[53]魏其侯，夫安敢以服为解[54]！请语魏其侯帐具[55]，将军旦日蚤临。"武安许诺。灌夫具语魏其侯如所谓武安侯。魏其与其夫人益市牛酒，夜洒埽，早[56]帐具至旦。平明，令门下候伺。至日中，丞相不来。魏其谓灌夫曰："丞相岂忘之哉？"灌夫不怿，曰："夫以服请，宜往。"乃驾，自往迎丞相。丞相特前戏许灌夫，殊无意往。及夫至门，丞相尚卧。于是夫入见，曰："将军昨日幸许过魏其。魏其夫妻治具，自旦至今，未敢尝食。"武安鄂[57]谢曰："吾昨日醉，忽忘与仲孺言。"乃驾往，又徐行，灌夫愈益怒。及饮酒酣，夫起舞属[58]丞相；丞相不起，夫从坐上语侵之。魏其乃扶灌夫去，谢丞相。丞相卒饮至夜，极驩而去。

丞相尝使籍福请魏其城南田。魏其大望[59]，曰："老仆虽弃，将军虽贵，宁可以势夺乎！"不许。灌夫闻，怒，骂籍福。籍福恶两人有郄[60]，乃谩自好谢丞相曰："魏其老且死，易忍，且待之。"已而，武安闻魏其、灌夫实怒不予田，亦怒曰："魏其子尝杀人，蚡活之。蚡事魏其，无所不可；何爱数顷田？且灌夫何与也？吾不敢复求田！"武安由此大怨灌夫、魏其。

元光四年，春，丞相言："灌夫家在颍川，横甚，民苦之。请案。"上曰："此丞相事，何请！"灌夫亦持丞相阴事，为奸利，受淮南王金与语言。宾客居间[61]，遂止，俱解。

夏，丞相取燕王女为夫人，有太后诏，召列侯、宗室皆往贺。魏其侯过灌夫，欲与俱。夫谢曰："夫数以酒失得过丞相，丞相今者又与夫有郄。"魏其曰："事已解。"强与俱。饮酒酣，武安起为寿[62]，坐皆避席伏。已，魏其侯为寿，独故人避席耳，余半膝席[63]。灌夫不悦，起行酒[64]，至武安，武安膝席曰："不能满觞。"夫怒，因嘻笑曰："将军贵人也，属之。"时武安不肯。行酒次至临汝侯，临汝侯方与程不识耳语，又不避席。夫无所发怒，乃骂临汝侯曰："生平毁程不识不直一钱，今日长者为寿，乃效女儿呫嗫[65]耳语！"武安谓灌夫曰："程、李俱东西宫卫尉，今众辱程将军，仲孺独不为李将军地乎？"灌夫曰："今日斩头陷胸，何知程、李乎！"坐乃起更衣[66]，稍稍去。魏其侯去，麾灌夫出。武安遂怒，曰："此吾骄灌夫罪。"乃令骑留灌夫。灌夫欲出，不得。籍福起为谢，案灌夫项，令谢。夫愈怒，不肯谢。武安乃麾骑缚夫，置传舍[67]。召长史曰："今日召宗室，有诏。"劾灌夫骂坐不敬，系居室[68]。遂案其前事，遣吏分曹[69]逐捕诸灌氏支属，皆得弃市罪。魏其侯大愧，为资，使宾客请，莫能解。武安吏皆为耳目，诸灌氏皆亡匿，夫系，遂不得告言武安阴事。

魏其锐身[70]为救灌夫。夫人谏魏其曰："灌将军得罪丞相，与太后家忤，宁可救邪？"魏其侯曰："侯自我得之，自我捐之，无所恨！且终不令灌仲孺独死，婴独生！"乃匿其家，窃出上书。立召入，具言灌夫醉饱事，不足诛。上然之，赐魏其食，曰："东朝廷辩之。"

魏其之东朝，盛推灌夫之善，言其醉饱得过，乃丞相以他事诬罪之。武安又盛毁灌夫所为横恣，罪逆不道。魏其度不可奈何，因言丞相短。武安曰："天下幸而安乐无事，蚡得为肺腑，所好音乐、狗马、田宅。蚡所爱倡优、巧匠之属，不如魏其、灌夫日夜招聚天下豪杰壮士与论议，腹诽而心谤，不仰视天而俯画地，辟倪[71]两宫间，幸天下有变而欲有大功。臣乃不知魏其等所为!”于是上问朝臣:“两人孰是?”御史大夫韩安国曰:“魏其言灌夫父死事,身荷戟,驰入不测之吴军,身被数十创,名冠三军。此天下壮士。非有大恶,争杯酒,不足引他过以诛也。魏其言是也。丞相亦言灌夫通奸猾,侵细民,家累巨万,横恣颍川;凌轹[72]宗室,侵犯骨肉。此所谓‘枝大于本,胫大于股,不折必披[73]’。丞相言亦是。唯明主裁之!”主爵都尉汲黯是魏其;内史郑当时是魏其,后不敢坚对。余皆莫敢对。上怒内史曰:“公生平数言魏其、武安长短,今日廷论,局趣[74]效辕下驹,吾并斩若属矣!”即罢起,入,上食太后。太后亦已使人候伺,具以告太后。太后怒,不食,曰:“今我在也,而人皆藉[75]吾弟;令我百岁后,皆鱼肉之矣!且帝宁能为石人邪!此特帝在,即录录[76];设百岁后,是属宁有可信者乎!”上谢曰:“俱宗室外家,故廷辩之。不然,此一狱吏所决耳。”是时,郎中令石建为上分别言两人事。

武安已罢朝,出止车门[77],召韩御史大夫载[78],怒曰:“与长孺共一老秃翁,何为首鼠两端[79]!”韩御史良久谓丞相曰:“君何不自喜!夫魏其毁君,君当免冠解印绶归,曰:‘臣以肺腑幸得待罪[80],固非其任。魏其言皆是。’如此,上必多君有让,不废君;魏其必内愧,杜门齚舌[81]自杀。今人毁君,君亦毁人,譬如贾竖[82]女子争言,何其无大体也!”武安谢罪曰:“争时急,不知出此。”

于是上使御史簿责[83]魏其所言灌夫，颇不雠[84]，欺谩，劾系都司空。孝景时，魏其常[85]受遗诏，曰："事有不便，以便宜论上[86]。"及系，灌夫罪至族，事日急，诸公莫敢复明言于上。魏其乃使昆弟子上书言之，幸得复召见。书奏上，而案尚书，大行[87]无遗诏；诏书独藏魏其家，家丞封。乃劾魏其矫先帝诏，罪当弃市。五年十月，悉论灌夫及家属。魏其良久乃闻，闻即恚，病痱[88]，不食，欲死。或闻上无意杀魏其，魏其复食，治病。议定不死矣。乃有蜚语，为恶言闻上，故以十二月晦论弃市渭城。

其春，武安侯病，专呼服谢罪。使巫视鬼者视之，见魏其、灌夫共守，欲杀之。竟死。子恬嗣。元朔三年，武安侯坐衣襜褕[89]入宫，不敬。

淮南王安谋反，觉，治[90]。王前朝，武安侯为太尉时，迎王至霸上，谓王曰："上未有太子，大王最贤，高祖孙；即宫车晏驾[91]，非大王立，当谁哉！"淮南王大喜，厚遗金财物。上自魏其时，不直武安[92]，特为太后故耳。及闻淮南王金事，上曰："使武安侯在者，族矣！"

太史公曰：魏其、武安皆以外戚重；灌夫用一时决策而名显。魏其之举以吴、楚，武安之贵在日月之际[93]。然魏其诚不知时变，灌夫无术而不逊；两人相翼，乃成祸乱。武安负[94]贵而好权，杯酒责望[95]，陷彼两贤。呜呼哀哉！迁怒及人，命亦不延；众庶不载[96]，竟被恶言。呜呼

哀哉！祸所从来矣！

注

① 魏其(jī)：汉县名，属琅邪郡，故址在今山东临沂市南。
② 观津：汉县名，治今河北武邑东南。
③ 詹事：官名。始设于秦，汉代沿设。掌管皇后、太子家事。
④ 燕：通“宴”。
⑤ 从容：随便；闲暇无事。
⑥ 千秋之后：指死后，乃避讳的说法。
⑦ 门籍：进出宫殿门的名籍。
⑧ 王孙：窦婴的字。
⑨ 亢礼：用平等的礼节相待。亢，通“抗”，抗衡。
⑩ 屏居：摒除杂事而隐居。屏，通“摒”。
⑪ 两宫：东宫和西宫，借指窦太后和汉景帝。螫(shì)：蜂蝎用针钩刺人，这里是加害的意思。
⑫ 毋类：绝种，一个不留。毋，通“无”。
⑬ 爱：吝惜。
⑭ 易：轻率。
⑮ 持重：担当重任。
⑯ 诸郎：指议郎、中郎、侍郎、郎中等郎官。
⑰ 辩：善于言辞。口：口才。
⑱ 称制：指太后代替皇帝执掌政权。制，皇帝的命令。
⑲ 用事：当权。
⑳ 微言：含蓄地说。风：通“讽”，暗示，劝告。
㉑ 吊：告诫，警告。
㉒ 推毂(gǔ)：本义指推车前进，这里比喻推荐人才。毂，车轴。
㉓ 明堂：古代帝王宣明政教的场所。
㉔ 除关：废除关禁。
㉕ 以礼为服制：按照古礼来规定吉、凶、宾、军、嘉等服装制度。
㉖ 举：检举。適：通“擿”，揭发。节行：品质，行为。
㉗ 属籍：指宗谱。
㉘ 外家：外戚。

㉙ 尚：高攀门第，结成婚姻。
㉚ 黄、老：黄帝，老聃。指代道家。
㉛ 侵：通“寝”，矮小丑陋。
㉜ 富于春秋：年纪还轻。
㉝ 肺腑：亲信。
㉞ 折节：使……降低身份。诎：通“屈”，使……屈服。
㉟ 移日：日影移动了位置，指时间很长。
㊱ 考工地：考工官署的地盘。
㊲ 私桡：私自降低身份。桡，通“挠”，委屈。
㊳ 曲旃（zhān）：旗杆上端弯曲的长幡，古代国君用来招徕贤能的仪具。
㊴ 舍人：战国和汉初王公贵官的家臣。
㊵ 死事：效忠国事而死者。
㊶ 若：或。
㊷ 壁：营垒。
㊸ 瘳（chōu）：痊愈。
㊹ 交：交通要道。
㊺ 劲兵处：强大的军队驻扎的地方。
㊻ 轻重不得：争论是非，意见不合。
㊼ 钧：通“均”，平等。
㊽ 多：推重，称赞。
㊾ 已：兑现。
㊿ 为权利：争权夺利。
51 引绳批根：引绳犹言纠举，批根有排除之意。合为成语，作动词用，以“生平慕之后弃之者”为其宾语。指平素仰慕窦婴，与之结交，后又因其失势而弃之的势利小人，窦婴也想倚靠灌夫与他们算算账。
52 有服：为姊服丧。
53 临况：光临。况，通“贶”，恩赐。
54 解：解说，推托。
55 帐具：用为动词，陈设帐具。
56 早：趁早，提早。
57 鄂：通“愕”，惊讶。
58 属：邀请。

⑲ 望：怨恨。
⑳ 郄(xì)：通“隙”，嫌隙。
㉑ 居间：从中调解。
㉒ 为寿：敬酒祝福。
㉓ 膝席：双膝跪在席上。
㉔ 行酒：依次敬酒。
㉕ 呫嗫(chè niè)：耳语的声音。
㉖ 更衣：如厕的委婉说法。
㉗ 传(zhuàn)舍：供宾客住宿、休息的处所。
㉘ 居室：官署名，是当时囚禁犯罪官员及其家属的地方。
㉙ 分曹：分批。
㉚ 锐身：挺身而出。锐，疾进。
㉛ 辟倪(bì nì)：通“睥睨”，窥伺。
㉜ 凌轹(lì)：践踏，压迫。
㉝ 披：分裂。
㉞ 局趣：通“局促”。
㉟ 藉：蹂躏，践踏。
㊱ 录录：通“碌碌”，无所作为。
㊲ 止车门：宫禁的外门名。百官上朝时，至此门必须下车。
㊳ 载：意为同载，即同乘一辆车。
㊴ 首鼠两端：畏首畏尾，瞻前顾后的意思。
㊵ 待罪：官吏自称任职的谦词。
㊶ 齚(zé)舌：咬着舌头，指无话可说。
㊷ 贾竖：对商人的贱称。
㊸ 簿责：按案卷上的记载来追究罪行。
㊹ 不雠(chóu)：与事实不符。
㊺ 常：通“尝”。
㊻ 以便宜论上：用灵活方便的办法向皇帝报告。
㊼ 大行：指刚刚死去的皇帝。
㊽ 病痱：即中风。
㊾ 襜褕(chán yú)：短衣。
㊿ 治：究查治罪。
91 宫车晏驾：皇帝去世的委婉说法。

㉒ 直：认为……正确。
㉓ 日月之际：指武帝初即位由太后称制时。日喻武帝，月喻太后。
㉔ 负：依恃，倚靠。
㉕ 责望：苛责，怨恨。
㉖ 载：通“戴”，拥护，爱戴。

鉴赏

《魏其武安侯列传》描写汉代魏其与武安两个家族之间的矛盾和斗争，是揭示“外戚专权”这种历史现象的最早记载，也是一篇用精雕细刻的写实手法再现历史人物形象的传记作品。

在这篇列传中，人物故事的展开非常纷繁复杂。窦婴、灌夫、田蚡是这场倾轧斗争的主角，但是演成这场纠纷，构成这个人情势利的世界的，远不止这三人。宾客游士、朝廷大臣，甚至武帝本人，都是其中的重要角色。用何种手法来表现如此众多的人物形象及复杂的矛盾和深刻丰富的思想内涵，是这篇传记成败的关键。文章起首先写魏其，介绍其身份及性格，揭开了错综复杂的矛盾斗争的序幕，写其由得势到失势被冷落的过程，然后以“武安侯田蚡者，孝景后同母弟也”引入武安，并与魏其相对照，使田蚡未贵时的奴颜媚骨和得势后的傲慢无礼，遥相呼应，形成强烈对比。以武安之盛反衬魏其之疏，然后在两人矛盾斗争展开当中写灌夫，三人的事迹纠结在一起，难分难解。当矛盾斗争达到最高潮时，武帝、王太后等人都被卷了进去，使矛盾冲突在更广阔、更深刻的领域发展，最后以两败俱伤而告结束。司马迁先分别叙列三人的出身性行，介绍人物，交代关系，然后再捏合在一起，紧紧围绕三人的纠葛和矛盾斗争来写，在三人事迹转接过渡的地方，采用似了非了的写法，十分注意人物、事件、情节的穿插照应，结构虽较复杂，但发展脉络十分清楚。正如清人李景星所说："传以魏其、武安为经，以灌夫为纬，以窦王两太后为眼目，以宾客为线索，以梁王、淮南王、条侯、高遂、桃侯、田胜、丞相绾、籍福、赵绾、王臧、许昌、庄青翟、韩安国、盖侯、颍阴侯、窦甫、临汝侯、程不识、汲黯、郑当时、石建等许多人为点染；以鬼报为收束，分合联络，错综周密，使恩怨相结，权势相倾，杯酒相争，情形宛然在目。奇文信史，兼擅其长，宜乎于古今家中首占一席也。"(《史记评议》)

司马迁除对人物传记的结构极费斟酌外，还非常注意运用多种艺术手法，生动地描绘和表现历史人物。在细密地刻画事件时，注意通过场面的描写来表现人物，在事物的发展和矛盾冲突中揭示人物的性格特征。在这篇传记中，司马迁选择的事件大至对皇帝的直言忠谏和到敌垒中斩将拔旗，小至作客应酬，举止谈笑，都进行细致入微的刻画和摹写，从而构成惊心动魄、引人入胜的情节。有时在事物发展过程中出现的场面，往往是集合了各种矛盾的焦点，在这样的关键性时刻，人物往往受到无法回避的考验，性格特征的表现最为明显。"东朝廷辩"是这篇传记情节的高潮，在这个场面中，既写出了斗争双方的争吵，又写出了与事件有关的人物的不同面貌。在这矛盾的尖锐冲突中，灌夫、魏其、武安这些前台主要人物的性格得到了进一步的深化，形象更加鲜明。而当时在场的朝中号称正直的官吏虽认为窦婴有理却不敢开口，武帝也无可奈何，充分体现出当时外戚气焰的嚣张。

用个性化的语言展示人物性格，用那些在特定的具体的语言环境下最能表现出他们为人特征、最能表现人物心理情绪的语言来塑造人物形象，是这篇传记的另一大特点。在"灌夫有服，过丞相"一大节中，司马迁叙事称武安为"丞相"，魏其面称武安始终为"将军"，而灌夫对魏其说"得过丞相"，称谓很不统一。这是司马迁从人物性格心理出发，有意为之。不同的称谓体现了不同人物的不同性格和心理状态，起到了进一步塑造人物形象的作用。正如钱锺书所评价："夫私家寻常酬答，局外事后只传闻大略而已，乌能口角语脉以致称呼致曲入细如是？貌似记言，实出史家之心摹意匠。此等处皆当与小说、院本中对白等类耳。"(《管锥编·史记会注考证》)

《魏其武安侯列传》中所写"东朝廷辩"时几个人物的对话，也足以使我们看出司马迁非常善于通过人物对话来显示人物性格的特点。田蚡的阴险、骄横、无耻，御史大夫韩安国的老于世故和圆滑，汉武帝对田蚡的不满以及对群臣庸懦的愤慨，王太后的偏袒和蛮不讲理，都在富有特征的对话中表露无遗，使其成为全文情节的高潮，把这场涉及整个封建统治阶级上层内部矛盾总暴露的争斗写得有声有色，淋漓尽致。像这样精彩的人物对话，传中还可以举出很多处。宋人陈善《扪虱新话》云："读窦灌田蚡传，想其使酒骂坐，口语历历，如在目前。"这种评价是毫不过分的。传中还引用颍川儿歌"颍水清，灌氏宁；颍水浊，灌氏族"来诅咒灌氏的横暴。注意从民间吸收一些生动、活泼、形象、精练的语言，这也是《史记》人物传记产生艺术魅力的原因之一。

再看《魏其武安侯列传》的结尾。林纾在《春觉斋论文》中评论道："有三传联为一气，事一而人三，则每传不能不划清界限；顾三人终局，必待第三传之末始能分晓，而每传中又宜有收笔，此应如何分界者？乃史公各于本传之末，各用似了非了之笔，读之雅有余味，则《魏其灌夫武安列传》之收笔是也。三传中惟武安得保首领以没，不就刑诛，故收束处用淮南王馈金事，上曰：'使武安侯在者，族矣。'余味盎然。"曾国藩在《求阙斋读书录》中也有评论："前言灌夫亦持武安阴事，后言夫系遂不得告言武安阴事，至篇末乃出淮南遗金财事，此亦如画龙者将毕乃点睛之法。"田蚡"受淮南王金"这一阴私，在传文中先后提到过三次，但并没有清楚地交代，而是埋下伏笔，制造和加强悬念，直到淮南王谋反之事败露以后，才用补叙的方法点明。这样将事情的真相放在最后揭晓，既符合事情本身发展过程，合情合理,又收到使读者恍然大悟的强烈效果,从而对人物形象的认识也加深了几层。司马迁的文章十分讲究收笔,本文即是一例。

（安平秋　杨海峥）

周亚夫军细柳[1]

原文

文帝之后六年[2]，匈奴大入边。乃以宗正[3]刘礼为将军，军霸上[4]；祝兹侯徐厉为将军，军棘门[5]；以河内[6]守亚夫为将军，军细柳：以备胡。

上自劳军。至霸上及棘门军，直驰入，将以下骑送迎。已而之细柳军，军士吏被甲，锐兵刃，彀[7]弓弩，持满[8]。天子先驱至，不得入。先驱曰："天子且至。"军门都尉[9]曰："将军令曰：'军中闻将军令，不闻天子之诏。'"居无何，上至，又不得入。于是上乃使使持节[10]诏将军："吾欲入劳军。"亚夫乃传言开壁门[11]。壁门士吏谓从属车骑[12]曰："将军约，军中不得驱驰。"于是天子乃按辔徐行[13]。至营，将军亚夫持兵[14]揖曰："介胄之士不拜，请以军礼见。"天子为动，改容式车[15]。使人称谢："皇帝敬劳将军。"成礼而去。

既出军门，群臣皆惊。文帝曰："嗟乎！此真将军矣！曩者霸上、棘门军，若儿戏耳，其将固可袭而虏也。至于亚夫，可得而犯邪？"称善者久之。

注

① 军：驻军。细柳：古地名，在今陕西咸阳市西南渭河北岸。

② 文帝后六年：公元前158年。

③ 宗正：官名，为皇族事务机关的长官，多由皇族充任。

④　霸上：古地名，因地处霸水西高原上而得名，在今陕西西安市东，为当时军事要地。

⑤　棘门：古地名，在今陕西咸阳市东北。

⑥　河内：汉郡名，辖境相当今河南黄河以北，京汉铁路（包括汲县）以西地区。

⑦　彀（gòu）：拉开。

⑧　持满：拉弓使满。

⑨　都尉：武官名。

⑩　持节：手持符节。符节是代表朝廷的信物，调动军队的凭证。

⑪　壁门：营门。

⑫　从属车骑：跟随皇帝前来的车马。

⑬　按辔徐行：控制着马缰绳，使车马慢慢走。

⑭　兵：兵器。

⑮　改容式车：改容，改变面容。指表情变得严肃。式车，在车上俯身而抚车前横木，表示敬意。式，同"轼"，车前横木。

鉴赏

这篇文字节选自《史记·绛侯周勃世家》。周勃是汉代开国元戎，他死后由其长子周胜之袭封侯爵。后胜之因犯罪削封，汉文帝才选周勃诸子中的贤者、当时担任河内守的周亚夫作爵位的继承人。文帝后元六年（前158），匈奴入寇，亚夫奉命领军防守长安，驻军细柳。其实这次匈奴入侵，历时不过一个多月，因汉军戒备森严，以匈奴引兵退却而结束，对长安仅仅是一场虚惊。按照《史记》笔法，只需在头一段"以备胡"的后面，加上"居一月，虏遁，罢"六个字，即可交代这段史实。但这次周亚夫驻军细柳，是他袭封条侯、走上历史舞台之后的首次亮相，也是他受知于文帝，成就功名事业的开端。为了让这位汉初著名将相第一次出场就给人以鲜明深刻的印象，司马迁写了如上一大段文字，而且把这段文字写得曲折回环，起伏跌宕，极具精神，充分展示了周亚夫的才华与个性。

扬雄《法言·君子篇》说："子长（司马迁字）多爱，爱奇也。"司马贞《史记索隐后序》也说："太史公记事……或旁搜异闻以成其说，然其人好奇而词省。"苏辙评《史记》，谓"其文疏荡，颇有奇气"（《上枢密韩太尉书》）。"奇"是《史记》的基本艺术特色。其事奇而信，其文奇而雄。这种艺术特色，在《周亚夫军细柳》一节文字中，得到充分的印证。

文章第一句，就大书特书"匈奴大入边"。不必具言入边的匈奴有多少军马，分几条路线，攻到了什么地方，用了这"大入边"三个字，顿觉烽火烛天，胡尘匝地，一派紧张气象。司马迁让周亚夫在这严峻的时刻出场，一起便有激荡雄奇之气，蓄于笔端。

大战迫在眉睫，京都安危系于旦暮，周亚夫如何部勒士卒，经营防务，自是题内应有之义。司马迁于此只字不说，却突然转出"上（汉文帝）自劳军"大段精雕细刻的文字，真是起落无端，奇变莫测。天子劳军，礼仪隆重，屯军的将帅，当然要亲自送迎。当车驾进入长安东面霸上刘礼将军营中和长安东北棘门徐厉将军营中时，两位将军都大开营门，任劳军队伍驰骤而入，而且恭恭敬敬地迎送。人臣之礼如此，本是常情常态，这些也只是三言两语带过。待劳军车驾来到周亚夫大军驻地细柳，还在营外防御工事的大门边，迎接天子车驾的竟是披甲执刀、张弓搭箭的军士。劳军的先行队伍马到门前，军士闭门不纳。这情况就透着奇。此时卫士传呼天子将至，满以为守军会立刻开门。谁知守门军将严正回答："军中闻将军令，不闻天子之诏。"连皇帝的命令也行不通了，又是一奇。等到文帝亲至，同样被拒于门外，更是奇中之奇。直到文帝派人手持符节以诏亚夫，他才传令打开防御工事的大门；但自己依然稳居中军，不来接驾，这更是一种奇异现象。天子车驾进了壁门，守门士吏居然传亚夫将令："军中不得驱驰"，使文帝只好"按辔徐行"。堂堂汉家天子，不得不听命于属下将军，接受军令的约束，小心翼翼地行动，这在中国封建时代恐怕是绝无仅有的奇事。直到文帝进入中军营帐，周亚夫才出来接驾，却又不跪拜山呼，而是介胄戎装，持刀而揖，以军中之礼见当今天子。为人臣而平揖至尊，见了皇帝居然手持利刃，那行动，就不止令人感到奇，而且不能不为之一惊，将以为变生不测。更奇怪的是，这位汉文帝不但不责怪亚夫，反而为这位将军的威严整肃而动容，俯下身躯，抚着车前横木，表示敬意。这节劳军文字，其事则曲折起伏，变化迭起；其文则奇峰间出，波诡云谲。无怪乎劳军完毕车驾走出军门后，"群臣皆惊"；而识将才、赏奇士的汉文帝，却嗟然而叹，称赞周亚夫是"真将军"。

前面说过，"奇"是司马迁《史记》的主要艺术特色。但司马迁决非猎奇自炫、取媚流俗的作家。他的《史记》向称“实录”，决非小说家言。《史记》之奇，乃在善于在曲折奇特的情节中显示人物性格。他笔下的历史人物，性格统一，有血有肉，因此读之者感到文虽奇而事可信。这就是刘勰在其《文心雕龙·辨骚》中说的：“玩华而不坠其实，酌奇而不失其真。”

这段文字的章法结构，虽剪裁一节而自成篇章。一起写三位将军的防地，两陪一正，两虚一实，对比映衬，使周亚夫的形象更加鲜明突出。结尾文帝一段议论，仍以霸上、棘门作陪衬，一起一结，先后辉映，显得章法严整而不失自然。对文帝，对亚夫，一笔两到，既突出亚夫，又显示出文帝的知人善任，犹其余事。

（赖汉屏）

万石君[1]传

原文

万石君名奋，其父赵[2]人也，姓石氏。赵亡，徙居温[3]。

高祖东击项籍，过河内[4]，时奋年十五，为小吏，侍高祖。高祖与语，爱其恭敬，问曰："若何有[5]？"对曰："奋独有母，不幸失明。家贫。有姊，能鼓琴。"高祖曰："若能从我乎？"曰："愿尽力。"于是高祖召其姊为美人[6]；以奋为中涓[7]，受书谒[8]；徙其家长安中戚里[9]——以姊为美人故也。其官至孝文时，积功劳至太中大夫。无文学[10]，恭谨无与比。

文帝时，东阳侯张相如为太子太傅，免；选可为傅者，皆推奋，奋为太子太傅。及孝景即位，以为九卿；迫近，惮之[11]，徙奋为诸侯相。

奋长子建，次子甲，次子乙，次子庆：皆以驯行孝谨，官皆至二千石。于是景帝曰："石君及四子皆二千石，人臣尊宠乃集其门。"号奋为"万石君"。孝景帝季年[12]，万石君以上大夫禄归老于家，以岁时为朝臣[13]。过宫门阙，万石君必下车趋；见路马，必式焉[14]。子孙为小吏，来归谒，万石君必朝服见之，不名[15]。子孙有过失，不谯让[16]，为便坐，对案不食。然后诸子相责，因长老肉袒[17]固谢罪；改之，乃许。子孙胜冠者[18]在侧，虽燕居必冠[19],申申[20]如也。童仆䜣䜣[21]如也,唯谨。上时赐食于家,必稽首俯伏而食之,如在上前。其执丧,哀戚甚悼;子孙遵教,亦如之。万石君家以孝谨闻乎郡国,虽齐、鲁诸儒质行[22],皆自以为不及也。

建元二年[23],郎中令王臧以文学获罪[24]。皇太后以为儒者文多质少[25],今万石君家不言而躬行,乃以长子建为郎中令,少子庆为内史。

建老,白首,万石君尚无恙。建为郎中令,每五日洗沐,归谒亲。入子舍,窃问侍者,取亲中裙厕牏,身自浣涤[26],复与侍者,不敢令万石君知,以为常。建为郎中令,事有可言,屏人恣言,极切;至廷见,如不能言者。是以上乃亲尊礼之[27]。

万石君徙居陵里[28]。内史庆醉归,入外门[29]不下车。万石君闻之,不食。庆恐,肉袒请罪;不许。举宗及兄建肉袒。万石君让曰:"内史,贵人;入闾里,里中长老皆走匿,而内史坐车中自如,固当[30]!"乃谢罢庆[31]。庆及诸子弟入里门,趋至家。

万石君以元朔五年[32]中卒。长子郎中令建哭泣哀思,扶杖乃能行。岁余,建亦死。诸子孙咸孝,然建最甚,甚于万石君。

建为郎中令,书奏事,事下[33],建读之,曰:"误书!'马'者与尾当五,今乃四,不足一[34]。上谴死矣!"甚惶恐。其为谨慎,虽他皆如是。

万石君少子庆为太仆。御出[35]，上问车中："几马？"庆以策数马毕，举手曰："六马。"庆于诸子中最为简易[36]矣，然犹如此。为齐相，举齐国皆慕其家行，不言而齐国大治。为立石相祠。

元狩元年[37]，上立太子，选群臣可为傅者，庆自沛守为太子太傅。七岁，迁为御史大夫。元鼎五年[38]秋，丞相有罪，罢。制诏御史："万石君先帝尊之，子孙孝；其以御史大夫庆为丞相，封为牧丘侯。"是时汉方南诛两越，东击朝鲜，北逐匈奴，西伐大宛，中国多事。天子巡狩海内，修上古神祠，封禅，兴礼乐。公家用少[39]，桑弘羊[40]等致利，王温舒[41]之属峻法；兒宽[42]等推文学致九卿，更进用事[43]。事不关决于丞相[44]，丞相醇谨而已。在位九岁，无能有所匡言。尝欲请治上近臣所忠、九卿咸宣罪，不能服，反受其过，赎罪。元封四年[45]中，关东流民二百万口，无名数者[46]四十万。公卿议：欲请徙流民于边以適[47]之。上以为丞相老谨，不能与其议[48]，乃赐丞相告归；而案御史大夫以下议为请者[49]。丞相惭不任职，乃上书曰："庆幸得待罪丞相，罢驽无以辅治，城郭仓库空虚，民多流亡，罪当伏斧质。上不忍致法。愿归丞相侯印，乞骸骨归，避贤者路。"天子曰："仓廪既空，民贫流亡，而君欲请徙之；摇荡不安，动危之，而辞位；君欲安归难乎？"以书让庆，庆甚惭，遂复视事。

庆文深审谨，然无他大略为百姓言[50]。后三岁余，太初二年[51]中，丞相庆卒，谥为恬侯。庆中子德，庆爱用之，上以德为嗣，代侯。后为太常，坐法当死，赎免为庶人。庆方为丞相，诸子孙为吏更至二千石者十三人。及庆死，后稍以罪去[52]，孝谨益衰矣。

注

① 万石君：石，十斗为一石。石奋及四个儿子均食禄至二千石，故汉景帝称呼石奋为“万石君”。汉例：二千石实际月俸为一百二十斛。
② 赵：古国名，战国七雄之一。疆域有今山西中部、陕西东北角、河北西南部。
③ 温：古国名，原名苏，建都于温，亦称温，故城在今河南温县西南。
④ 河内：楚汉时郡名，辖境当今河南黄河以北，京汉铁路（包括汲县）以西地区。
⑤ 若何有：你家有些什么人。
⑥ 美人：嫔妃的称号。《汉书·外戚传序》：“美人视二千石，比少上造。”
⑦ 中涓：官名，在内宫管理清洁之事，皇帝亲近之臣。
⑧ 受书谒：负责宫中文书往来及谒见之事。
⑨ 戚里：帝王外戚聚居之地。
⑩ 无文学：“文学”指儒术。此言石奋不懂儒术。
⑪ “及孝景”三句：景帝为太子时，石奋为太子太傅，深为石奋所拘苦，不得自肆。现在即帝位，石奋位居九卿，近在上前，景帝怕石奋又来限制他的行动。
⑫ 季年：末年。
⑬ 以岁时为朝臣：言石奋已告老退休，只在岁时节日参加朝贺。
⑭ “见路马”二句：言石奋见到皇帝乘用过的大车、御马，必定要伏于车前横木上致敬。路，通“辂”，大车。式，通“轼”，车前横木。
⑮ 不名：不呼其名。
⑯ 谯让：责问。
⑰ 肉袒：赤膊。

⑱ 胜冠者：有资格戴冠的人。指二十岁以上的人。

⑲ 虽燕居必冠：即使是闲居，石奋也要把帽子戴上，以示严肃。

⑳ 申申：整饬貌。

㉑ 訢(yín)訢：谨敬貌。

㉒ 质行：行为踏实质朴。

㉓ 建元二年：公元前139年。建元为汉武帝刘彻年号。

㉔ 以文学获罪：郎中令王臧等行儒术，上书请武帝立明堂以朝诸侯。窦太后治黄老，不爱儒术，暗查得他们的过失，以此责备汉武帝，武帝要处分王臧等，王臧等自杀。

㉕ 文多质少：文，讲排场，尚浮夸。质，安分守己，老老实实做事。

㉖ 子舍：别于正房的旁室。"取亲"二句：取父亲(指石奋)的内衣裤隐身于侧近暗处亲自浣洗。

㉗ 亲尊礼之：亲自向石奋表示敬意。

㉘ 陵里：长安城内一街道名。

㉙ 外门：指里巷口上的大门。

㉚ 固当：理所应当。这是故意说反话，讽刺石庆。

㉛ 乃谢罢庆：意谓喝令石庆走开。

㉜ 元朔五年：公元前124年。

㉝ 事下：奏章经皇帝批阅后发还。

㉞ "马者"三句："马(馬)"的曲笔为马尾，四点为四足，共五笔；现在少写一笔。

㉟ 御出：给皇帝驾车出行。

㊱ 简易：单纯。

㊲ 元狩元年：公元前122年。

㊳ 元鼎五年：公元前112年。

㊴ 公家用少：国家缺乏财物。

㊵ 桑弘羊(前152—前80)：出身商人家庭，武帝时任治粟都尉，领大司农。

㊶ 王温舒(？—前104)：武帝时任河内太守，入为中尉。曾镇压豪强。

㊷ 兒宽(？—前103)：治《尚书》，为孔安国的弟子，武帝时官至御史大夫。兒，古"倪"字。

㊸ 更进用事：一个跟着一个掌握大权。

㊹ "事不"句：大事不通过丞相。

㊺ 元封四年：公元前107年。
㊻ 无名数者：没有户籍的“流民”。
㊼ 適：通“谪”，惩罚之意。
㊽ 不能与其议：不可能参与议论其事。
㊾ “而案”句：案，查处。这句说，查处御史大夫以下提议移民以作为惩罚手段的人。
㊿ 无他大略：没有别的重大建议。
51 太初二年：公元前103年。
52 后稍以罪去：稍，逐渐。此言后来逐渐因犯罪被撤职。

鉴赏

《论语·阳货篇》说：“乡愿，德之贼也。”什么人可称之为“乡愿”？为什么孔子说“乡愿”是“德之贼”？《孟子》在《尽心篇下》中对此作了解说。“乡愿”是一种看似忠诚老实，其实虚伪透顶的好好先生，是无所作为的庸才，欺世盗名的伪君子。所谓“德之贼”，就是外窃有德之名，内伤德义之实，因此孔子深责之。《万石君传》记述的石奋父子，正是这样的“乡愿”，这样的庸才、奴才、伪君子。司马迁看不起这种人，更不满当时统治者倚重庸才的用人之道，因此写了《万石张叔列传》以讥之。这里的《万石君传》便是从《万石张叔列传》中节选出来的。

石奋原来不过是汉高祖刘邦的一个“小吏”。靠为人“恭敬”，仗着他姐姐是刘邦的小妾(美人)这种裙带关系，官至太中大夫，食禄二千石。司马迁对他的总体评价是“无文学，恭谨无与比”八个字，即不学无术，唯知恭谨而已，是一个典型的奴才。司马迁集中笔墨刻画他“归老于家”的言行，取材便具深心。因为，石奋居家，志趣都在于培养其子孙成为与自己一样恭顺孝谨的奴才。由于他身体力行的培育，才出了石建、石庆那样一批“二千石”，使之成为一种家风，形成了一种“矫俗干名”的社会风气。必须揭露他家居生活的种种矫饰，才能收鞭辟近里之功。石奋每逢年关节日上朝，经过宫门，一定要下车步行；见了皇帝乘坐过的车马，要恭恭敬敬行礼；有时皇帝颁赐食物给他，他在家里也要叩头拜谢，匍匐在地下吃：对皇上，真可谓毕恭毕敬。对待家里人，则装模作样，不近人情。子孙看望他，他要穿上朝服接见；不呼子孙之名而称其官衔，行官场中上下级相见之礼，这已经显得滑稽。更可笑的是，子孙办错了事，他从不正面教育，故意不坐正位，对案不食，俨然如丧考妣。一定要弄得几个儿子责难办错了事的人，还得请亲长出面求情，直至犯错误的儿孙肉袒请罪，才肯罢休。为了一点点小事，不惜闹得一家人惶惶不可终日，连仆役也惴惴不安。他自己成天戴着大官帽，正襟危坐，巍巍然像庙里木雕泥塑的神像一般。为什么处分家里的儿孙，一定要惊动亲邻长老，这样小题大作呢？无非故意扩大事态，作自我宣传。不如此，他的“恭谨”之名怎能传闻乡里郡国，一直传到皇上耳中？他这种奴化教育，果然非常有效，于是出现了“其执丧，哀戚甚悼。子孙遵教，亦如之”的滑稽剧。老头子伤心落泪，儿孙不敢不遵命伤心落泪，尽管他们对死者不一定有什么感情。司马迁对此作了穷形尽相的刻画后,又补了一笔:“虽齐鲁诸儒质行,皆自以为不及也。”“质行”是质朴、踏实之意。正因为齐鲁之儒崇尚质朴,不善于虚伪矫饰,因此才自叹不如,这话的讽刺意味不是十分深长吗?

石奋靠伪装恭谨起家,在他的教育下,两个儿子石建、石庆,也凭“不言而躬行”的“孝谨”,猎取了高官厚禄。从此,这两人便继承父业,着实在“孝谨”上下功夫。石建官居“郎中令”,是朝廷亲贵,休假回家居然偷偷地给老父亲浣洗内衣内裤。而且,洗之前取出,洗好后送还,特意经内侍之手,这不是存心假内侍之口,延誉乡曲么?文中写得最形象生动的是误书马字一节。石建呈给皇上的书奏中,马字少写了一笔,他大呼“误书!马字与尾当五,今乃四,不足一,上谴死矣!”几句话,声口毕具,读之如面对其人。为了一处笔误,竟然如此惶恐,已经不近人情。司马迁又写道:“事下,建读之。”原来石建这场惊慌,是奏章批阅发还之后重读旧文时的事。本已事过境迁,皇帝并未发现缺笔,却装得如此紧张,这不是矫揉造作以博恭谨之名吗?石奋的幼子石庆,更深得乃父衣钵。他身为太仆,位列九卿,陪侍武帝乘车外出,武帝在车中问他用几匹马驾车,他明明一望便知是六匹马,却故意“以策(马鞭)数马毕,举手曰:‘六马。’”寥寥十字,活活画出一个故作周至以博忠诚孝谨之名的奴才。司马迁的笔,不止尽相,而且诛心。他接着写一句:“庆于诸子中最为简易矣,然犹如此。”石庆是石奋四个儿子中心地最单纯的一个，尚且如此装模作样，其他几个就不言而喻了。冷冷一言，笔锋入骨。

石建官居显要，石庆后来做了丞相，要把这两个人物写深刻，不能只记其生活琐屑，还必须写他们如何处理国家大政。石建为官的秘诀是：他向皇帝议论朝政时，“屏人恣言，极切；至廷见，如不能言者”。背着人恣意放言，在廷议时却只字不说，这就刻画出他两面派的嘴脸、阴暗圆滑的深心。石庆比其兄更胜一筹。他身为宰相，把朝政一概诿之于桑弘羊、王温舒诸人，自己只是唯唯诺诺，不置可否，所谓“醇谨而已”，“无能有所匡言”，“然无他大略为百姓言”——作了九年丞相，时当多事之秋，上不能向皇帝进匡济之言，下不曾为百姓辛苦说一句话，乍看也许以为他是个十足的无所作为的庸才。其实，司马迁告诉我们，石庆为人“文深审谨”。意思是，城府极深，精细谨慎，并非全无才具。他那种“庸”，是伪装出来的自保之术，他是个十足的“乡愿”。

文章结尾，司马迁意味深长地写道：“庆方为丞相，诸子孙为吏更至二千石者十三人。及庆死，后稍以罪去，孝谨益衰矣。”可见，“孝谨”原不过他们求显达、保名禄的手段；一旦丢了官，名禄不保，“孝谨”也就不要了。一语破的，把石奋家族的伪装彻底撕毁了。

这篇《万石君传》最能体现王世贞《艺苑卮言》评《史记》那句话：“婉而多讽。”司马迁写石奋父子，极像是给“不言而躬行”的贤者立传，“驯行孝谨”“不言而齐国大治”之类的话，看上去都像是赞美这些忠诚老实的人，因此曾骗过不少读者。明代人吴国伦就曾指出石氏父子的行为“近于亵”“近于矫”“近于谀”，而深叹《史记》颂扬石氏父子不当，“悲世人不察”。可见他也以为司马迁是颂扬他们，并没有领会他“婉而多讽”的艺术匠心。司马迁写石氏父子，于“刻露尽相”之外，往往在不要紧处轻轻挑一笔，便取得正言反出、点睛飞动的艺术效果。像上文分析过的“其执丧，哀戚甚悼。子孙遵教，亦如之”；“虽齐鲁诸儒质行，皆自以为不及也”；“庆于诸子中最为简易矣，然犹如此”；“及庆死，后稍以罪去，孝谨益衰矣”：这些话，都是婉而多讽之言，画龙点睛之笔。他这种讽刺艺术，妙在不动声色。对人物的“外美”，似尽力张扬；对其内在本质的丑恶，却只挑起轻纱帷幕的一角，让读者一瞥之余，发出会心的微笑，文字马上又回到正面，出以庄语。粗读之不免扑朔迷离，细味之涵蕴不尽。刘熙载《艺概·文概》说：“一语为千万语所托命，是为笔头上担得千钧。然此一语正不在大声以色，盖往往有以轻运重者。”“一语千钧”“以轻运重”，正是本文讽刺艺术的特色。

世称太史公善传奇人。这石奋一家，当然算不上“奇人”。要说奇，只是平庸得出奇，虚伪得出奇。历仕汉高祖、文、景、武帝，其中不乏英主。以英主而重此平庸，倒说得上是奇中之奇。看来，石奋一家之所以享禄至万石，历四君而荣宠不衰，是因为统治者既得天下后，须要树立这种恭顺的奴才以为天下仕宦者的极则。奴才总比隽才好驾驭，更能令主子放心。才智之士多数奇不遇，奴才却高居要津，这正是千古才士的悲慨，司马迁"愤懑"之所集。司马迁的笔锋，透过奴才，微讽主子，便是他"舒愤懑"的一端。因此说，这篇文字，立意构思，都在高处。

《万石君传》写的是貌似恭谨、内怀机巧的大人物，司马迁以冠冕堂皇的形象写活了一群小丑。《史记》另一篇《滑稽列传》，则是写貌似小丑、内怀忠义的小人物，司马迁以谑浪笑傲的形象写活了一群智辩之士。他写的优孟之类的小丑，读之反令人肃然起敬；他写的石奋之类的大人物，读之只令人恶心。这种诙诡捭阖的文风，变化莫测的艺术手段，正好表现了那个薰莸不分、人妖颠倒的社会现实。清人刘大櫆《读万石君传》说："迁之报任安者曰：'人臣出万死不顾一生之计，赴公家之难；而全躯保妻子之臣媒孽其短，诚私心痛之。'彼石奋者，特全躯保妻子之臣而已……后之为人臣者……则或以万石君自况，是自处于阉媚之小人也。"他的话说出了司马迁的深心。

（赖汉屏）

郭解传

原文

郭解，轵人[①]也，字翁伯；善相人者许负外孙也。解父以任侠，孝文时诛死。解为人短小精悍，不饮酒。少时阴贼[②]，慨不快意[③]，身所杀甚众。以躯借交报仇[④]，藏命作奸[⑤]，剽攻[⑥]不休，及铸钱掘冢，固不可胜数。适有天幸，窘急常得脱若[⑦]遇赦。及解年长，更折节为俭[⑧]；以德报怨，厚施而薄望。然其自喜为侠益甚。既已振人之命，不矜其功，其阴贼著于心，卒发于睚眦如故云。而少年慕其行，亦辄为报仇，不使知也。解姊子负解之势，与人饮，使之嚼[⑨]。非其任，强必灌之。人怒，拔刀刺杀解姊子，亡去。解姊怒曰："以翁伯之义，人杀吾子，贼不得！"弃其尸于道，弗葬；欲以辱解。解使人微[⑩]知贼处，贼窘，自归，具以实告解。解曰："公杀之固当，吾儿不直[⑪]。"遂去其贼，罪其姊子，乃收而葬之。诸公闻之，皆多解之义，益附焉。

解出入，人皆避之。有一人独箕踞[⑫]视之。解遣人问其名姓。客欲杀之。解曰："居邑屋至不见敬，是吾德不修也。彼何罪！"乃阴属尉史曰："是人，吾所急[⑬]也，至践更[⑭]时脱之。"每至践更，数过，吏弗求。怪之，问其故，乃解使脱之。箕踞者乃肉袒谢罪。少年闻之，愈益慕解之行。

雒阳人有相仇者，邑中贤豪居间[15]者以十数，终不听。客乃见郭解。解夜见仇家，仇家曲听[16]解。解乃谓仇家曰："吾闻雒阳诸公在此间[17]，多不听者。今子幸而听解，解奈何乃从他县夺人邑中贤大夫权乎！"乃夜去，不使人知，曰："且无用待我！待我去，令雒阳豪居其间，乃听之。"

解执恭敬，不敢乘车入其县廷。之旁郡国，为人请求事，事可出，出之；不可者，各厌其意[18]，然后乃敢尝酒食。诸公以故严重之[19]，争为用。邑中少年及旁近县贤豪，夜半过门，常十余车，请得解客舍养之。

及徙豪富茂陵也[20]，解家贫，不中訾[21]。吏恐，不敢不徙。卫将军为言："郭解家贫，不中徙。"上曰："布衣权至使将军为言，此其家不贫。"解家遂徙。诸公送者出千余万。轵人杨季主子为县掾，举徙解[22]。解兄子断杨掾头。由此杨氏与郭氏为仇。

解入关，关中贤豪知与不知，闻其声，争交欢解。解为人短小，不饮酒，出未尝有骑。已又杀杨季主。杨季主家上书，人又杀之阙下。上闻，乃下吏捕解。解亡，置其母、家室夏阳[23]，身至临晋[24]。临晋籍少公素不知解，解冒[25]，因求出关。籍少公已出解，解转入太原[26]，所过辄告主人家。吏逐之，迹至籍少公[27]。少公自杀，口绝。久之，乃得解。穷治所犯，为解所杀皆在赦前[28]。轵有儒生侍使者坐。客誉郭解，生曰："郭解专以奸犯公法，何谓贤!”解客闻,杀此生,断其舌。吏以此责解,解实不知杀者;杀者亦竟绝,莫知为谁。吏奏解无罪。御史大夫公孙弘议曰:“解布衣为任侠,行权,以睚眦杀人。解虽弗知,此罪甚于解杀之。”当大逆无道[29]。遂族[30]郭解翁伯。

自是之后,为侠者极众,敖而无足数者。然关中长安樊仲子、槐里赵王孙、长陵高公子、西河郭公仲、太原卤公孺、临淮兒长卿、东阳田君孺:虽为侠,而逡逡有退让君子之风。至若北道姚氏、西道诸杜、南道仇景、东道赵他羽公子、南阳赵调之徒,此盗跖居民间者耳,曷足道哉! 此乃乡者朱家之羞也。

太史公曰:“吾视郭解,状貌不及中人,言语不足采者。然天下无贤与不肖、知与不知,皆慕其声;言侠者皆引以为名。谚曰:‘人貌荣名,岂有既乎[31]!’於戏[32]惜哉!”

注

① 轵(zhǐ):汉县名,治所在今河南济源南。
② 阴贼:内心狠毒残忍。
③ 慨不快意:感到不痛快。
④ “以躯”句:拼着性命为朋友报仇。
⑤ 藏命作奸:窝藏亡命之徒,做出犯法的行为。
⑥ 剽攻:劫夺。
⑦ 若:或者。
⑧ 折节为俭:改变行为,约束自己。
⑨ 嚼:通“釂(jiào)”,把酒喝干。

⑩ 微：暗访。
⑪ 不直：理曲。
⑫ 箕踞：傲慢不敬之貌。
⑬ 急：这里引申为亲密。
⑭ 践更：按期轮到服徭役。
⑮ 居间：从中调解。
⑯ 曲听：勉强听从。
⑰ 间：从中调解。
⑱ 各厌其意：使各方都满意。
⑲ 严重之：十分敬重他。
⑳ “及徙”句：元朔二年(前127)，汉武帝下令，把天下豪族富户迁移到长安附近的茂陵居住。
㉑ 不中訾(zī)：资产少，不够格。当时资产不满三百万为“不中訾”。訾，同“资”。
㉒ 举徙解：把郭解报上去，说他家应迁徙。
㉓ 夏阳：汉县名，治所在今陕西韩城市南。
㉔ 临晋：汉县名，治所在今陕西大荔东朝邑镇西南。
㉕ 冒：冒昧(往见)。一说假冒姓名。
㉖ 太原：汉郡名，治所在今山西太原市西南晋源镇。
㉗ “吏逐”二句：官吏追缉郭解，查访到籍少公家。
㉘ “穷治”二句：意为彻查郭解所犯之案件，他杀人都在大赦以前。依当时法律，赦前犯案，不再追究。
㉙ 当大逆无道：该处以大逆无道之罪。
㉚ 族：尽杀其家族。
㉛ “人貌”两句：既，确定。《方言》第六：“既，定也。”这两句是说人的容貌和他的荣誉无必然联系。
㉜ 於戏：同“呜呼”。

鉴赏

封建时代的史书，例多记帝王将相历史；只有司马迁的《史记》，不仅曾为许多社会地位高，对推动历史进程功业卓著的大人物作传，而且记载了许多社会地位低微，其言行足以显示高尚的品节，其勇力足以慑至尊于五步之内，其智慧足以戏君王于庙堂之上的“倜傥非常”的小人物，或传优伶、监门，或志游侠刺客。在用笔行文上，在感情寄托上，司马迁明显地倾心于这些小人物：写来绘影绘声，形象生动，墨酣笔畅；或回环往复，一唱三叹，慷慨悲凉。这里选录的《郭解传》，便是这类小人物的传记之一。

《郭解传》是《史记·游侠列传》中的一节。《游侠列传》重点写了三个人物——朱家、剧孟和郭解，其中写郭解最为详尽。世称“史迁善传游侠”，明人茅坤甚至说：“读《游侠列传》即欲轻生”，可见这篇传记倾动人心的艺术力量。

司马迁是如何刻画这个小人物，使之倾动后世人心的呢？分析起来，他用了如下几种艺术手法：

首先是正面刻画，即用人物本身的言行来刻画人物的性格品质。在这方面，司马迁选择了三个典型事例。郭解姐姐的儿子被人杀死，仇家未获。其姐弃尸于道，迫郭解为甥报仇。当郭解从仇家口中得知外甥是仗解之势侮辱他人而自招杀身之祸后，不但不罪仇家，反而说“公杀之固当，吾儿不直”，放走了仇人。这件事表明了这位侠士公正无私、是非分明的性格。有人对郭解不敬，“箕踞视之”。他的门客要杀掉此人。郭解却认为这是“吾德不修”，不但不责怪，反而嘱尉史免掉此人的徭役，表现出他勇于自责、以德报怨的精神。他替洛阳两家“相仇者”居间调解，平息了当地贤豪无法平息的事端，但又不欲掠当地贤大夫之美，“夜去，不使人知”，表现出“不矜其能，羞伐其德”的高贵品质。通过这三个事例，郭解的性格品质跃然纸上，一位侠义之士的高大形象已经初步树立起来了。

但单凭这种正面刻画树立起来的形象，毕竟还是平面的、单薄的。伟大的传记文学家司马迁决不以此为满足。他要把已经树立起来的形象立体化，使之色彩斑斓；并进行多侧面、深层次的刻画，以取得倾动人心的艺术效果。

于是，司马迁运用了烘托的艺术手段。

在第四段，写了“邑中少年及旁近县贤豪夜半过门，常十余车，请得解客舍养之”的情节。“十余车”足以烘托郭解的物望之隆，“夜半”二字刷色，渲染出一派“月黑杀人夜，风高放火天”的紧张而神秘的气氛。写“徙茂陵”一节，衬托出他名重京师，以至显赫的大将军卫青为之说情，汉武帝亲作决断。当时武帝用主父偃之言，把天下的豪族富户都徙居长安附近的茂陵，内实京师，外销奸猾，该牵动了多少有钱有势的人家！但几曾有布衣赢得过大将军主动出面为之求情？又有谁家劳武帝亲自过问？要不是此人位下名高，何能致此？郭解徙居时，“诸公送者出千余万”为之饯行，他的感召力于此可见。徙家入关，“关中贤豪知与不知，闻其声，争交欢解”，何令人之景慕一至于此！先是，为了替郭解泄恨，他侄儿杀了“举郭解”的杨季主之子杨掾；入关后，“已又杀杨季主”；杨家上书京城，“人又杀之阙下”；联系上文“少年慕其行，亦辄为报仇，不使知也”，接二连三的无头公案，显示出幕后有多少人争为郭解冒死杀仇，愈益烘托出郭解的行为品节，足以使天下倾心。

最动人的，要数逃亡临晋一节文字。郭解避难逃到临晋，此时他是一个被通缉的“钦犯”。他见到“素不知解”的当地侠义之士籍少公，请少公设法救助出城。少公把他护送出去，郭解自临晋辗转逃入太原。他“所过辄告主人家”，表现出光明磊落；而法吏跟踪追捕，终于找到了帮助他脱逃的籍少公。籍少公为了掐断线索，保护郭解，终于自杀以“绝口”。一个人的言行声望，竟足以使素不相识的人为之殉身而无悔，其人必有一种内在的、不可企及的、动人心魄的精神力量。如此烘托，刻画愈加深刻。

郭解被捕后，终因杀人之事非他所知，“吏奏解无罪”。熟谙文法吏事，外宽内深的御史大夫公孙弘却说：“解虽弗知，此罪甚于解杀之。”将他判罪灭族。乍看似写公孙弘执法严忍，其实都是烘托郭解。因为，他的号召力太大了，太可怕了。统治者不是按其罪论死，而是畏其威而必欲置之于死。看来，不杀郭解，这班人寝食难安。以一布衣而能令帝王将相惧怕一至于此，当是何等威震天下的人物！

有了以上层层烘托，司马迁意犹未尽，情犹未申，又反复写其风貌,作为反衬手段:“解为人短小精悍,不饮酒”;“解执恭敬,不敢乘车入其县廷”;“解为人短小”;“吾视郭解,状貌不及中人,言语不足采者”——司马迁与郭解同时而稍后,又曾同居茂陵,可能看见过郭解,郭解形貌也可能本来如此。但为什么这位史家于此不惮反复再三呢?这正是以“长不满七尺”来反衬其“心雄万夫”的手法。《史记·留侯世家》写张良,“运筹策帷帐之中,决胜千里外”,何等威风!结尾却说,“余以为其人计魁梧奇伟;至见其图,状貌如妇人好女”,用的也是这种反衬法。显然,司马迁看重的,不是人物的勇力,人物的外在美;他看重的是人物的深层力量,人物的内在美。他要刻画的是人物的性格、品节和精神世界。

这篇传记的讽刺意义含蓄深隐,极见匠心,也不可粗粗读过。传的开头发议论,先引了《庄子》“窃钩者诛,窃国者侯,侯之门仁义存”几句话(按:原文议论太长,本文未具录),然后写道:“解父以任侠,孝文时诛死”,最后,郭解又被汉武帝灭族。首尾相应,被视为“窃钩”者流的任侠之士都诛了,那赫然位在公侯之上,“内多欲而外施仁义”,言必周孔的统治者,不正是“窃国”之徒吗?传的结尾,司马迁慨叹地说:“於戏惜哉!”武帝诛之,司马迁惜之,一唱三叹中,立场、态度、爱憎,何等鲜明!鲁迅在《汉文学史纲要》中论司马迁《史记》曰:“恨为弄臣,寄心楮墨;感身世之戮辱,传畸人于千秋。”只因为司马迁心中有恨,故而笔端有情。他把匡扶正义的理想倾注在郭解之类性行迥异于常人的小人物身上。但小人物终无回天挽澜之力,他又怎能不深情地长叹一声“於戏”!

（赖汉屏）

优孟传

原文

优孟，故楚之乐人[1]也。长八尺，多辩，常以谈笑讽谏。楚庄王之时，有所爱马，衣以文绣，置之华屋之下，席以露床[2]，啗以枣脯。马病肥死，使群臣丧之[3]，欲以棺椁大夫礼葬之[4]。左右争之，以为不可。王下令曰："有敢以马谏者，罪至死！"优孟闻之，入殿门，仰天大哭。王惊而问其故。优孟曰："马者，王之所爱也；以楚国堂堂之大，何求不得，而以大夫礼葬之，薄。请以人君礼葬之。"王曰："何如？"对曰："臣请以雕玉为棺，文梓为椁，楩、枫、豫章为题凑[5]，发甲卒为穿圹[6]，老弱负土，齐、赵陪位于前，韩、魏翼卫其后[7]，庙食太牢[8]，奉以万户之邑。诸侯闻之，皆知大王贱人而贵马也。"王曰："寡人之过一至此乎！为之奈何？"优孟曰："请为大王六畜葬之：以垄灶为椁，铜历为棺[9]，赍以姜枣，荐以木兰[10]，祭以粮稻，衣以火光[11]，葬之于人腹肠。"于是王乃使以马属太官[12]，无令天下久闻也。

楚相孙叔敖知其贤人也，善待之。病且死，属其子曰："我死，汝必贫困。若往见优孟，言我孙叔敖之子也。"居数年，其子穷困负薪，逢优孟，与言曰："我，孙叔敖之子也。父且死时，属我贫困往见优孟。"优孟曰："若无远有所之[13]。"即为孙叔敖衣冠[14]，抵掌谈语。岁余，像孙叔敖，楚王及左右不能别也。庄王置酒，优孟前为寿。庄王大惊，以为孙叔敖复生也。欲以为相。优孟曰："请归与妇计之，三日而为相。"庄王许之。三日后，优孟复来。王曰："妇言谓何？"孟曰："妇言慎无为，楚相不足为也[15]。如孙叔敖之为楚相，尽忠为廉以治楚，楚王得以霸。今死，其子无立锥之地，贫困负薪以自饮食。必如孙叔敖，不如自杀。"因歌曰："山居耕田苦，难以得食。起而为吏，身贪鄙者余财，不顾耻辱。身死家室富，又恐受赇枉法，为奸触大罪，身死而家灭。贪吏安可为也！念为廉吏，奉法守职，竟死不敢为非。廉吏安可为也！楚相孙叔敖，持廉至死，方今妻子穷困，负薪而食，不足为也！"于是庄王谢优孟，乃召孙叔敖子，封之寝丘[16]四百户，以奉其祀。后十世不绝。此知可以言时矣[17]。

注

① 乐人：善歌舞的艺人。
② 席以露床：用没有帷帐的床给它睡。
③ 丧之：为马服丧。
④ "欲以"句：想把马装入棺椁，按葬大夫的礼仪来葬马。
⑤ 题凑：棺材的两头。
⑥ 穿圹：挖墓穴。
⑦ "齐赵"二句：既以人君之礼仪葬马，便请齐赵韩魏的使臣前来参加葬礼。
⑧ 庙食太牢：建立祠庙，用牛、羊、猪（太牢）来祭它。
⑨ "垄灶"二句：用土堆成的灶做它的外椁，用铜锅给它做棺材。
⑩ "赍以"二句：用姜枣来调味，用木兰做香料。

⑪ “祭以”两句：用稻粱来做祭品，用火光做它的寿衣。
⑫ 属太官：交付掌管皇帝膳食的官员。
⑬ “若无”句：你不要走远了。
⑭ “即为”句：就穿戴上孙叔敖的衣帽。
⑮ “楚相”句：楚相这种官是没有什么干头的。
⑯ 寝丘：春秋楚邑名，故址在今河南固始、沈丘之间。
⑰ “此知”句：其智可以说正合时宜。知，通“智”。

鉴赏

有个成语叫“衣冠优孟”，意思是：其人虽衣冠甚盛，身居显要，其实只是官场中的败类，装模作样而已。这个成语显然带有贬意。史传中的优孟并非如此。从上引《史记·滑稽列传》有关优孟的记述看，优孟是一个出色的艺人，一个值得称赞的小人物。他因演技超人而被选为楚庄王的弄臣，出入宫廷，承欢君侧。他利用这种特别身份伺机进言，出人于危难之中，“谈言微中”，婉而多讽。由于司马迁为他作传，终于人以文传，优孟成了略具古文知识的人所熟悉的名字。

司马迁记了他两件事。第一件是谏阻楚庄王不要“贱人贵马”。这节故事写了两个人，一个是聪明幽默而身居弄臣的优孟，一个是愚昧颟顸而位极人君的楚庄王。没有愚昧的庄王，不足以显优孟之智；没有优孟之智，不足以显庄王之愚。人与人比，有的相得益彰，有的相形见绌。这就是我们常说的对比陪衬的艺术手法。

文章入手先写楚庄王爱马。世上爱马的人太多了，这位庄王算是爱得出奇。马以骏骨健足为美,庄王却给它穿上绣花衣,掩其英姿;马以驰骋沙场为乐,庄王却将它置于华屋之中,露床之上,使马无法骋其万里横行之志;马以逐水草为食,庄王却喂给它干枣肉,使它徒长痴肥。如此爱马,这马自然非死不可。寥寥数语,一写庄王之愚昧,憨态可掬。马死之后,庄王不悟,竟要臣下为马服丧,葬以大夫之礼。此于愚昧之外,再写其昏庸。左右诤谏,原为辨人畜之界,且免贻笑四方;庄王却下令:“有以马谏者,罪至死!”此于愚昧、昏庸之外,三写其刚愎自用,专断横蛮。三层文字,活活画出这个庄王虽位极人君,其心智实低劣可笑,简直像个白痴、小丑。

优孟在当时的地位不过是供帝王取乐调笑的小丑、弄臣。但在司马迁笔下,他不仅具有心灵美的内在品质,而且有勇气,其胆识竟足以玩国君于殿廷之上。他入谏楚王,完全出以调笑戏弄。他深深懂得逻辑辩论中的“归谬法”。刚入殿门,先“仰天大哭”,举止异乎寻常,投庄王之所好;然后建议庄王以人君之礼葬马,并随口凑出一幅盛大的葬马图来,最后才点出“诸侯闻之,皆知大王贱人而贵马”。这时庄王才略有所悟,问优孟“为之奈何”,那语态就像梦中醒来,张皇无措,更显得颟顸。优孟答辞,诙谐有趣。他主张用灶作马的外椁,用大铜锅作内棺,用姜米作调料,用香料解腥膻,用米饭作祭奠之物,用火光作衣,把这匹高贵的死马埋葬在人的肠肚之中。这段答词,随口打趣，语妙如珠，幽默调笑，就像今天说相声一样，可谓辩才无碍，寓庄于谐，说得楚庄王赶紧把死马交给厨师，生怕这丑事张扬出去。

第二件事是为楚庄王的故相孙叔敖之子请封地。他装扮成这位故相去见庄王，竟然以假乱真，愚昧寡恩的庄王以为死人复生，欲以为相。优孟对答庄王的那段歌辞，连用"贪吏安可为也"，"廉吏安可为也"，"楚相……不足为也"，笑语中夹着辛酸，仿佛当斯之世，为楚之臣，人人无所适从。语调诙谐，意极沉痛，借古人歌笑，发愤世嫉俗之悲心。

司马迁的《史记》，不仅记帝王将相的历史，也写了许多可歌可泣的小人物。这些小人物集中见于"游侠""刺客""滑稽"三传，散见于《魏公子列传》等文字中。他们共同的特点是：虽地位卑微，而心灵优美，其行为智勇，胜过许许多多大人物。这自有史家之深意，文学家的深心。即以这一节包含在《滑稽列传》中的《优孟传》而言，讽刺的意味便十分深远。孔子"伤人乎不问马"，楚庄王却贵马而贱人，岂非鲜明对照？联系到《史记》另一篇《大宛列传》，汉武帝为了夺大宛所产的名马，不惜数年征战，把几万士卒投入扩大边境的战争。其中死病者该有多少？这不是又一个"贱人贵马"的楚庄王吗？千古昏君，岂止一庄王而已！庄王不过是一位经过漫画手法夸张突出的典型。宋人吕祖谦说："太史公之书法，岂拘儒曲士所能通其说乎？其旨意之深邃，寄兴之悠长，微而显，绝而续，正而变，文见于此，而起意于彼，若有鱼龙之变化，不可得而踪迹者矣。”（《大事记》）说的不正是这种借古讽今、一石数鸟的讽刺艺术么？

《优孟传》极富喜剧情调。优孟调笑戏弄，幽默诙谐，宛然像位喜剧大师。他的言谈既可笑，又深刻，在笑语中揭露世情，在喜剧中寓悲世之意，让读者在笑声中深思。喜剧，本来就是把丑恶的东西撕毁给人看。不作正面的批判，而出以诙谐幽默，把真理寄寓在笑闹之中，令人联想起《庄子》所说的“举世皆溷浊，不得与庄语”的名言。司马迁父子的思想倾向黄老。他写优孟，写其他滑稽者流，从思想、艺术角度看，都可以见出《庄子》的影响。楚庄王二事，迹近“谬悠”，情属“荒诞”。优孟之为人，以嬉笑为怒骂，正言若反。《庄子》一书，以浪漫主义手法反映现实；司马迁的《优孟传》，又何尝不是如此。

（赖汉屏）

秦楚之际月表[1]序

原文

太史公[2]读秦楚之际，曰：初作难，发于陈涉[3]；虐戾灭秦，自项氏[4]；拨乱诛暴，平定海内，卒践帝祚，成于汉家。五年之间，号令三嬗，自生民以来，未始有受命若斯之亟也。

昔虞、夏之兴，积善累功数十年，德洽[5]百姓，摄[6]行政事，考之于天，然后在位。汤、武之王，乃由契、后稷修仁行义十余世，不期而会孟津八百诸侯，犹以为未可，其后乃放弑。秦起襄公，章于文、缪、献、孝之后，稍以蚕食[7]六国，百有余载，至始皇乃能并冠带之伦。以德若彼，用力如此，盖一统若斯之难也。

秦既称帝，患兵革不休，以有诸侯也，于是无尺土之封，堕坏名城，销锋镝，锄豪杰，维万世之安。然王迹[8]之兴，起于闾巷，合从讨伐，轶于三代，向秦之禁，适足以资贤者为驱除难耳。故愤发其所，为天下雄，安在无土不王。此乃传之所谓大圣[9]乎？岂非天哉，岂非天哉！非大圣孰能当此受命而帝者乎？

注

① 月表：按月纪事之表。《史记索隐》引张晏："时天下未定，参错变易，不可以年记，故列其月。"

② 太史公：即太史令。《史记正义》："司马迁自谓也……迁为太史公

官，题赞首也。”

③ 陈涉：即陈胜（？—前208），秦末农民起义领袖，阳城（今河南登封东南）人，涉为其字。秦二世元年（前209），他被征屯戍渔阳，同吴广在蕲县大泽乡起义。曾建立张楚政权，被推为王。后被叛徒庄贾杀害。

④ 项氏：指项羽（前232—前202），秦末农民起义军领袖。名籍，羽是其字，下相（今江苏宿迁西南）人。秦二世元年（前209），从叔父项梁在吴起义。曾在巨鹿之战中摧毁秦军主力。秦亡后自立为西楚霸王，楚汉战争中为刘邦击败，最后从垓下突围至乌江，自杀。

⑤ 洽：沾润。

⑥ 摄：代理。

⑦ 蚕食：如蚕食桑叶，喻逐步侵占。

⑧ 王迹：王者创业的功迹。功业可见者曰迹。

⑨ 大圣：至圣，指道德高尚完备的人。

鉴赏

司马迁的文章，兼具豪健与跌宕、阳刚与阴柔之美。其阳刚豪健之美，为韩愈散文所继承与发展；其阴柔跌宕之美，为欧阳修散文所继承与发展。前者表现于《史记》纪、传、世家正文的多；后者表现于纪、传、世家的赞辞及表、书的序文的多。这篇《秦楚之际月表序》，也是表现阴柔跌宕之美的代表作。

司马迁是汉朝的臣子，但他论秦、汉之间的历史，一贯不偏袒、谀颂本朝，而给首先发难的农民领袖陈涉、吴广，以及参加起义、后来成为汉高祖敌人的项羽的历史作用以充分的估计。他不畏讥评和迫害，列陈涉于“世家”，列项羽于“本纪”，表现了卓越的史识和史胆。本文评论秦、汉之间的史事，于陈氏起义之后、项氏灭亡之前，尊之曰“秦楚之际”，也持这种观点。

文章第一段论汉朝得国之速，为自古以来所未有。它把“发难”之功归于陈涉，“灭秦”之功归于项羽；只把“拨乱诛暴，平定海内，卒践帝祚”之功归于汉朝。全段六十二字，论事分三层，断制分明，笔极劲炼。末了“自生民以来”两句，用唱叹之笔总结，开始显示文章的跌宕风神。

第二段，从虞、夏、商、周、秦五朝创建帝业的长久和艰难，作为汉朝得国之速的对照，也作为第一段论点的进一步申述。叙事断制的分明与劲炼，同于前段；末了三句总评，也以唱叹为议论。“以德若彼，用力如此”，事分两类而唱叹如一；“盖一统若斯之难也”，跌宕如前段结语。

第三段，论秦朝统一之后，为了惩前毖后，防天下兵争再起，于是废诸侯分封之制，堕名城，销兵器，诛锄豪杰，想要以此来长保帝业，“维万世之安”；而想不到祸常起于细微，而出于人之所难料。陈涉、吴广，“起于闾巷”，不是诸侯出身；没有武器，揭竿而起；“合从（纵）讨伐”，声势之大与发展之速，“轶于三代”。作者概括、叙述到此，鉴古叹今之情，洋溢于怀，不能自已，遂一发出以唱叹：到“向秦之禁，适足以资贤者为驱除难耳”，一转，一顿，一唱叹；“故愤发其所，为天下雄，安在无土不王”，接着又一转，二顿，一唱叹；“此乃传之所谓大圣乎？岂非天哉，岂非天哉”，接着又二转，三顿，三唱叹，后面两句又于言外表示汉朝之得天下，不完全是战功、知谋的人事之效，其中有主观力量之外的客观历史趋势和一系列的机遇的力量在，统归诸“天”，“微辞”贬语，含情尤远；“非大圣孰能当此受命而帝者乎”，一递进，一唱叹，但承接前句而来，又使赞美之辞成为表面上的“虚应”，更为深远微妙。这些唱叹之笔，思想感情接连转折起伏，语调不断跌宕，言简而情长，风神之美，更加得到充分的表现。

清浦起龙评此文为“宕往神行，千古逸调”；林云铭评为“曲折淡宕”，指其富于风神言；张裕钊评为“雄逸恣肆，千古一人，其奇宕则韩、欧之所自出也”，兼指风神与气势，其气势，则表现在叙事的劲炼之中。

（陈祥耀）

高祖功臣侯者年表[1]序

原文

太史公曰：古者人臣功有五品，以德立宗庙[2]、定社稷[3]曰勋，以言曰劳，用力曰功，明其等曰伐，积日曰阅。封爵之誓曰："使河如带，泰山若厉，国以永宁，爰及苗裔[4]。"始未尝不欲固其根本，而枝叶稍陵夷[5]衰微也。

余读高祖侯功臣，察其首封，所以失之者，曰：异哉所闻！《书》曰"协和万国[6]"，迁于夏、商，或数千岁。盖周封八百，幽、厉之后，见于《春秋》。《尚书》有唐、虞之侯伯，历三代千有余载，自全以蕃卫[7]天子，岂非笃于仁义、奉上法哉？汉兴，功臣受封者百有余人。天下初定，故大城名都散亡，户口可得而数者十二三[8]，是以大侯不过万家，小者五六百户。后数世，民咸归乡里，户益息，萧、曹、绛、灌[9]之属或至四万，小侯自倍，富厚如之。子孙骄溢，忘其先，淫嬖。至太初百年之间，见侯五，余皆坐法陨命亡国，耗矣。网亦少密焉。然皆身无兢兢[10]于当世之禁云。

居今之世，志古之道，所以自镜[11]也；未必尽同。帝王者各殊礼而异务，要以成功为统纪[12]，岂可绲[13]乎？观所以得尊宠及所以废辱，亦当世得失之林也；何必旧闻？于是谨其终始，表其文，颇有所不尽本末；著其明，疑者阙之。后有君子，欲推而列之，得以览焉。

注

① 年表：按年编排记述史事或人物事迹的表。
② 宗庙：天子、诸侯祭祀祖先的处所，封建帝王将天下据为一家所有，世代相传，故常以宗庙作为王室、国家的代称。
③ 社：指土神。稷：指谷神。古代君主都祭社稷，后以社稷代表国家。
④ 苗裔(yì)：后代子孙。
⑤ 陵夷：衰落。
⑥ 协和万国：语出《尚书·尧典》。国，作“邦”。协和，调和融洽。
⑦ 蕃卫：捍卫。蕃，通“藩”，屏藩。
⑧ 十二三：十分之二三。
⑨ 萧、曹、绛、灌：指汉相国萧何、曹参，绛侯周勃、颍阴侯灌婴。
⑩ 兢兢：小心戒慎的样子。
⑪ 镜：借鉴。
⑫ 统纪：纲纪。
⑬ 绲(hùn)：同“混”，混同。

鉴赏

这篇文章，两段叙事，一段评论。第一段叙历代功臣封赏之制；第二段叙汉高祖封侯功臣的世代兴亡原委；第三段评论上述之事，并申作年表的目的。全文只三百七十五字，叙事的层次多，简练具体；而叙事与议论，又多出以抒情，唱叹之笔多，《史记》文章的跌宕的风神之美，也表现得很突出。

文章叙古今封侯世家的兴衰灭亡，是为了总结原因，提供鉴戒，目的单纯；但作者对这种事的涉想，却是复杂的，又很动情感，所以说了一层，便唱叹一层。第一段结尾的“始未尝不欲固其根本，而枝叶稍陵夷衰微也”，探索了分封和受封者的主观意图，考察其形势的客观变化，从其始末更替，认识到不以人的意志为转移的历史现实，一转折，一对照，一唱叹。第二段，自开头至“异哉所闻”，一转折，一唱叹，而唱叹的语气又特别重，特别奇突；“岂非笃于仁义、奉上法哉”，一总结，以反诘为唱叹；自此以下，至“余皆坐法陨命亡国，耗矣”，经过多层转折，又来一总结，一大唱叹；“网亦少密焉”两句，紧接便来两转折，两唱叹；转折之密，唱叹之多，超过前面。第三段，“所以自镜也”，“未必尽同”，“岂可绲乎”，“亦当世得失之林也”，“何必旧闻”，“颇有所不尽本末”，“得以览焉”等句，都是一小结即一转折，一转折即一唱叹；有的更是两句相连，便自为转折的。其转折之密，唱叹之多，一如第二段的结尾。

一篇短文，用意转折如此其多，唱叹之情如此其浓，文章跌宕的风神如此其突出，在《史记》之前固然见不到，《史记》之后也不容易见到。欧阳修的文章，风神近之，而转折没有这样多；王安石的《读孟尝君传》一类文章，转折之多近之，而风神不如。《史记》文章之擅绝技，实在惊人。而且一切转折与唱叹，皆出于自然，非有意做作，更使一些心慕手追者，不容易得其神与气。清林云铭评本文为“引古相形，轩轾绝殊，无限感慨”（《古文析义》），浦起龙评为“古今参会，笔有遥情，字含感慨”（《古文眉诠》），也是从跌宕风神方面去体会其佳处。

（陈祥耀）

报任少卿书

原文

太史公牛马走[1]司马迁再拜言。少卿足下：曩者辱赐书，教以顺于接物[2]、推贤进士为务。意气勤勤恳恳，若望[3]仆不相师，而用流俗人之言，仆非敢如此也。仆虽罢驽[4]，亦尝侧闻长者之遗风矣。顾自以为身残处秽[5]，动而见尤，欲益反损，是以独郁悒而与谁语。谚曰："谁为为之？孰令听之？"盖钟子期死，伯牙终身不复鼓琴[6]，何则？士为知己者用，女为说己者容[7]。若仆，大质[8]已亏缺矣，虽才怀随、和[9]，行若由、夷[10]，终不可以为荣，适足以见笑而自点[11]耳。书辞宜答，会东从上来[12]，又迫贱事，相见日浅，卒卒无须臾之间[13]，得竭至意。今少卿抱不测之罪，涉旬月，迫季冬；仆又薄从上雍[14]，恐卒然不可为讳[15]，是仆终已不得舒愤懑以晓左右，则长逝者[16]魂魄私恨无穷。请略陈固陋，阙然久不报，幸勿为过！

仆闻之："修身者，智之符[17]也；爱施者，仁之端也；取与者，义之表也；耻辱者，勇之决也；立名者，行之极也。"士有此五者，然后可以托于世而列于君子之林矣。故祸莫憯[18]于欲利，悲莫痛于伤心，行莫丑于辱先，诟莫大于宫刑。刑余之人，无所比数[19]，非一世也，所从来远矣。昔卫灵公与雍渠同载[20]，孔子适陈；商鞅因景监见，赵良寒心[21];同子参乘,袁丝变色[22]:自古而耻之。夫以中材之人,事有关于宦竖,莫不伤气,而况于慷慨之士乎?如今朝廷虽乏人,奈何令刀锯之余,荐天下豪俊哉!仆赖先人绪业[23],得待罪辇毂下[24],二十余年矣。所以自惟[25]:上之不能纳忠效信,有奇策才力之誉,自结明主;次之又不能拾遗补阙[26],招贤进能,显岩穴之士[27];外之又不能备行伍,攻城野战,有斩将搴旗之功;下之不能积日累劳,取尊官厚禄,以为宗族交游光宠。四者无一遂,苟合取容,无所短长之效,可见如此矣。向者,仆常厕下大夫[28]之列,陪外廷[29]末议,不以此时引维纲,尽思虑;今以亏形为扫除之隶,在阘茸[30]之中,乃欲仰首伸眉,论列是非,不亦轻朝廷、羞当世之士耶!嗟乎嗟乎!如仆尚何言哉!尚何言哉!

且事本末未易明也。仆少负不羁之行,长无乡曲之誉,主上幸以先人之故,使得奏薄伎,出入周卫[31]之中。仆以为戴盆何以望天,故绝宾客之知,亡室家之业,日夜思竭其不肖之才力,务一心营职,以求亲媚于主上,而事乃有大谬不然者。夫仆与李陵[32],俱居门下,素非能相善也,趣[33]舍异路,未尝衔杯酒,接殷勤之余欢。然仆观其为人:自守奇士,事亲孝,与士信,临财廉,取与义,分别有让[34],恭俭下人[35];常思奋不顾身,以徇国家之急。其素所蓄积也,仆以为有国士之风。夫人臣出万死不顾一生之计,赴公家之难,斯以奇矣。今举事一不当,而全躯保妻子之臣，随而媒孽[36]其短，仆诚私心痛之！且李陵提步卒不满五千，深践戎马之地，足历王庭[37]，垂饵虎口，横挑强胡，仰亿万之师，与单于连战十有余日，所杀过半当[38]，虏救死扶伤不给。旃裘[39]之君长咸震怖，乃悉征其左右贤王，举引弓之人，一国共攻而围之。转斗千里，矢尽道穷，救兵不至，士卒死伤如积；然陵一呼劳，军士无不起，躬自流涕，沬血饮泣，更张空拳[40]，冒白刃，北向争死敌者。陵未没时，使有来报，汉公卿王侯，皆奉觞上寿。后数日，陵败书闻，主上为之食不甘味，听朝不怡；大臣忧惧，不知所出。仆窃不自料其卑贱，见主上惨怆怛悼，诚欲效其款款之愚。以为李陵素与士大夫绝甘分少[41]，能得人死力，虽古之名将，不能过也。身虽陷败，彼观其意，且欲得其当[42]而报于汉；事已无可奈何，其所摧败，功亦足以暴[43]于天下矣。仆怀欲陈之而未有路，适会召问，即以此指，推言陵之功，欲以广主上之意，塞睚眦[44]之辞；未能尽明，明主不晓，以为仆沮贰师，而为李陵游说，遂下于理[45]。拳拳之忠，终不能自列，因为诬上，卒从吏议。家贫，货赂不足以自赎；交游莫救，左右亲近，不为一言。身非木石，独与法吏为伍，深幽囹圄[46]之中，谁可告愬者！此真少卿所亲见，仆行事岂不然乎？李陵既生降，陨[47]其家声；而仆又佴之蚕室[48]，重为天下观笑，悲夫悲夫！事未易一二为俗人言也。

仆之先，非有剖符丹书之功，文史星历，近乎卜祝之间，固主上所戏弄，倡优所畜，流俗之所轻也。假令仆伏法受诛，若九牛亡一毛，与蝼蚁何以异？而世又不与能死节者，特以为智穷罪极，不能自免，卒就死耳。何也？素所自树立使然也。人固有一死，或重于泰山，或轻于鸿毛，用之所趋异也。太上不辱先，其次不辱身，其次不辱理色[49]，其次不辱辞令，其次屈体受辱，其次易服[50]受辱，其次关木索、被棰楚受辱，其次剔毛发、婴金铁受辱，其次毁肌肤、断肢体受辱，最下腐刑极矣！传曰："刑不上大夫[51]。"此言士节不可不勉励也。猛虎在深山，百兽震恐；及在槛阱之中，摇尾而求食：积威约之渐也。故士有画地为牢，势不可入；削木为吏，议不可对：定计于鲜[52]也。今交手足，受木索，暴肌肤，受榜箠，幽于圜墙之中。当此之时，见狱吏则头枪地[53]，视徒隶则正惕息，何者？积威约之势也。及以至是，言不辱者，所谓强颜耳，曷足贵乎！且西伯，伯也，拘于羑里[54]；李斯，相也，具于五刑[55]；淮阴，王也，受械于陈[56]；彭越、张敖，南面称孤，系狱抵罪[57]；绛侯诛诸吕，权倾五伯，囚于请室[58]；魏其，大将也，衣赭衣，关三木[59]；季布为朱家钳奴[60]；灌夫受辱于居室[61]。此人皆身至王侯将相，声闻邻国，及罪至罔加，不能引决自裁，在尘埃之中，古今一体，安在其不辱也！由此言之：勇怯，势也；强弱，形也。审矣，何足怪乎？夫人不能早自裁绳墨之外，以稍陵迟[62]，至于鞭箠之间，乃欲引节[63]，斯不亦远乎！古人所以重施刑于大夫者，殆为此也。

夫人情莫不贪生恶死，念父母，顾妻子；至激于义理者不然，乃有所不得已也。今仆不幸，早失父母，无兄弟之亲，独身孤立，少卿视仆于妻子何如哉？且勇者不必死节，怯夫慕义，何处不勉焉。仆虽怯懦欲苟活，亦颇识去就之分矣，何至自沉溺缧绁之辱哉！且夫臧获婢妾，由能引决，况仆之不得已乎？所以隐忍苟活，幽于粪土之中而不辞者，恨私心有所不尽，鄙陋没世[64]，而文采不表于后世也。

古者富贵而名摩灭，不可胜记，唯倜傥非常之人称焉。盖文王拘而演《周易》[65]；仲尼厄而作《春秋》；屈原放逐，乃赋《离骚》[66]；左丘失明，厥有《国语》[67]；孙子膑脚，兵法修列[68]；不韦迁蜀，世传《吕览》[69]；韩非囚秦，《说难》《孤愤》[70]；《诗》三百篇，大抵圣贤发愤之所为作也。此人皆意有所郁结，不得通其道，故述往事，思来者[71]。乃如左丘无目，孙子断足，终不可用，退而论书策以舒其愤，思垂空文以自见。仆窃不逊，近自托于无能之辞，网罗天下放失旧闻，略考其行事，综其终始，稽其成败兴坏之纪，上计轩辕，下至于兹，为十表，本纪十二，书八章，世家三十，列传七十，凡百三十篇，亦欲以究天人之际[72]，通古今之变，成一家之言。草创未就，会遭此祸，惜其不成，是以就极刑而无愠色。仆诚以著此书，藏诸名山，传之其人通邑大都，则仆偿前辱之责，虽万被戮，岂有悔哉！然此可为智者道，难为俗人言也。

且负下未易居[73]，下流多谤议[74]。仆以口语[75]遇此祸，重为乡党所笑，以污辱先人，亦何面目复上父母丘墓乎？虽累百世，垢弥甚耳！是以肠一日而九回，居则忽忽若有所亡，出则不知其所往，每念斯耻，汗未尝不发背沾衣也。身直为闺阁之臣[76]，宁得自引于深藏岩穴耶？故且从俗浮沉，与时俯仰，以通其狂惑。今少卿乃教以推贤进士，无乃与仆私心剌谬乎？今虽欲自雕琢，曼辞[77]以自饰，无益，于俗不信，适足取辱耳！要之死日，然后是非乃定。书不能悉意，略陈固陋，谨再拜。

注

① 太史公：即太史令。此为司马迁自谓。牛马走：谓如牛马一样供人驱使，犹言仆人，为司马迁自谦之词。

② 接物：待人接物。

③ 望：抱怨。

④ 罢驽(nú)：喻人疲弱，才能低下。罢，同“疲”。驽，驽马，跑不快的马。

⑤ 身残处秽：指身遭腐刑，处于受污辱的可耻地位。

⑥ 钟子期、伯牙：春秋楚国人。伯牙善鼓琴，志在高山流水。钟子期精于音乐，闻而知之。子期死，伯牙谓世无知音者，遂绝弦破琴，终身不再鼓琴。事见《吕氏春秋·本味》。

⑦ 说：通“悦”。容：修饰打扮。

⑧ 大质：身体，体质。

⑨ 随、和：指随侯珠、和氏璧，均为天下至宝。喻指美好的才德。

⑩ 由、夷：指许由、伯夷，均为古代品行高洁的贤士。

⑪ 自点：自污。点，玷污，污辱。

⑫ 东从上来：指随汉武帝从东方回长安。

⑬ 卒(cù)卒：匆促。间：间隙。

⑭ 薄：迫。雍：古县名，在今陕西凤翔南。本春秋雍邑，秦曾建都于此。汉武帝常至此祭祀天神。

⑮ 不可为讳：不可避忌，指任安不可避免要被处死。

⑯ 长逝者：死者，指将死的任安。

⑰ 符：符信，凭据。

⑱ 憯(cǎn)：同“惨”。

⑲ 比数：同列，相提并论。

⑳ 卫灵公：春秋时卫国国君，名元，公元前534—前493年在位。雍渠：卫灵公宠爱的宦官。

㉑ 商鞅：战国时政治家，卫国人，公孙氏。名鞅，亦称卫鞅。景监：秦孝公宠幸的太监。商鞅因景监推荐而被秦孝公重用。赵良：秦国的贤士。

㉒ 同子：指汉文帝时的宦官赵谈。司马迁避父讳，故称同子。袁丝：即袁盎(丝为其字)，汉文帝时以直谏名重朝廷。

㉓ 绪业：遗业。

㉔ 待罪辇毂下：谦词，指在皇帝周围做官。

㉕ 惟：思。

㉖ 拾遗补阙：为皇帝补救过失，指讽谏。

㉗ 岩穴之士：古时隐士多山居，故称岩穴之士。

㉘ 下大夫：太史令官禄六百石，位为下大夫。

㉙ 外廷：即外朝。汉代朝官分内朝官和外朝官。汉武帝以侍中、常侍、给事中等近臣组成内朝，参与国家大事决策。丞相为首的外朝为执行一般政务的机关。

㉚ 阘茸(tà róng)：卑贱。

㉛ 周卫：宿卫周密，这里指宫禁。

㉜ 李陵：西汉陇西成纪(今甘肃秦安)人，字少卿，名将李广之孙。善骑射。武帝时任骑都尉。曾率兵出击匈奴，战败投降。

㉝ 趣：同“趋”。

㉞ 分别有让：指待人接物能分别尊卑长幼，恪守礼节，有谦让的品德。

㉟ 下人：指甘居人下。

㊱ 媒孽：即媒糵。媒，酒母；糵，酒曲。酝酿之意，比喻构陷诬害，酿成其罪。

㊲ 王庭:《文选》李善注:“单于所居之处,号曰王庭。”
㊳ 过半当:超过一半。
㊴ 旃(zhān)裘:毡制之衣,为匈奴所穿用。这里指匈奴。
㊵ 卷:弩弓。李陵矢尽,故张空弓。
㊶ 绝甘分少:拒绝接受甘美之物,能将仅有的少量东西分给别人。
㊷ 当:相当,指抵罪之功。
㊸ 暴(pù):显露。
㊹ 睚眦(yá zì):怒目而视。这里指怨忿。
㊺ 理:古代的司法机关。
㊻ 囹圄(líng yǔ):监狱。
㊼ 隤(tuí):同“颓”,败坏。
㊽ 佴(èr):相次,随后。蚕室:狱名,宫刑者所居之室。《后汉书·光武帝纪下》注:“蚕室,宫刑狱名。宫刑者畏风,须暖,作窨室蓄火如蚕室,因以名焉。”
㊾ 理色:道理,脸面。
㊿ 易服:改穿囚服。
51 传:指《礼记》。语出《礼记·曲礼上》:“礼不下庶人,刑不上大夫。刑人不在君侧。”
52 定计:事先打算。鲜:鲜明,明确。
53 枪地:即抢地,头触地。
54 西伯:指周文王。商末周初周族领袖,姬姓,名昌。商纣时为西伯,一度被纣囚禁于羑里(今河南汤阴北)。
55 李斯:秦丞相,后被赵高陷害,腰斩于市。五刑:古代五种刑罚,指墨(脸上刺字)、劓(割鼻)、剕(断足)、宫刑(腐刑)、大辟(死刑)。
56 淮阴:即汉淮阴侯韩信,曾封楚王。公元前201年,有人上书告信欲谋反,高帝用陈平计,伪称将游云梦,会诸侯于陈(今河南淮阳),信至,令用刑具锁缚。械:锁缚手足的刑具。
57 彭越:字仲,汉初昌邑(今山东金乡西北)人。封梁王。后被告发谋反,为刘邦所捕,下狱被杀。张敖:汉初大梁(今河南开封西北)人。张耳子,嗣其父为赵王。因赵相贯高等谋刺高祖,被捕下狱。南面称孤:称王。
58 绛侯:即周勃。勃以功封绛侯。吕后死后,与陈平诛杀吕产、吕禄等人,迎立文帝,任右丞相。后被人诬告,一度下狱。请室:请罪之室，即囚禁有罪官吏的牢狱。

⑲ 魏其：即窦婴。婴以功封魏其侯。后因与丞相田蚡交恶，被纠劾拘禁于都司空衙门的狱中。赭衣：囚衣。三木：加在犯人颈、手、足上的刑具。

⑳ 季布：汉初楚人，任侠有名，项羽曾使率兵数次围困刘邦。项羽败后，刘邦以千金悬赏捉拿，他匿于濮阳周氏家。后接受周氏之计，髡钳（古代刑罚，剃去头发，用铁圈束颈）为奴，卖身给鲁国游侠朱家。

㉑ 灌夫：曾为燕相。因辱骂丞相田蚡，被拘禁于居室。居室：汉官署名，属少府，为拘禁犯人的处所。

㉒ 陵迟：同“陵夷”，衰落。

㉓ 引节：守节自杀。

㉔ 没世：终身。

㉕ 文王拘而演《周易》：相传周文王被纣囚于羑里，推演伏羲所画的八卦为六十四卦，成为《周易》。

㉖ “屈原放逐”二句：战国楚大诗人屈原因遭靳尚等人诬陷，被流放，作《离骚》。

㉗ “左丘失明”二句：春秋时鲁国史官左丘明失去视力后著《国语》。

㉘ “孙子膑脚”二句：孙子即孙膑，战国初军事家。他被庞涓处以膑刑（剜去膝盖骨），后撰写了《孙膑兵法》。

㉙ “不韦迁蜀”二句：吕不韦本商人，后为秦相，尊为相国。以罪免职，被迁往蜀地。曾命门客编撰《吕氏春秋》。《吕览》即《吕氏春秋》。

㉚ “韩非囚秦”二句：韩非，战国末思想家、法家代表人物。曾建议韩王变法图强，不见用。后出使秦国，李斯忌其才，入狱自杀。《说难》《孤愤》为其所作篇名。

㉛ “述往事”二句：《文选》李善注：“言故述往前行事，思令将来人知己之志。”

㉜ 究天人之际：探究天地自然与人类社会的关系。

㉝ 负下：处低下的地位。未易居：不容易生活。

㉞ 下流多谤议：指自己居于下游容易遭到诽谤。

㉟ 口语：指为李陵辩解。

㊱ 直：同“值”，当。闺閤之臣：指宦官一类的官职。

㊲ 曼辞：美饰之辞。

鉴赏

这是我国古典文学史上第一篇富于抒情性的长篇书信。据书中“会东从上来”及“薄从上雍”二事,司马迁写这封信,在汉武帝太始四年(前93)冬。致书的对象任少卿,名安,这时下狱。旧说,安这次下狱被处死。然据王国维《太史公行年考》,任安诛死,是坐戾太子案,当在征和二年(前91),褚少孙在《史记·田叔列传》后面补叙任安事,载武帝语:“任安有当死之罪甚众,吾尝活之。”则太始四年之狱,安或再遇赦,后死于北军护军使者任内。任安下狱前,司马迁任中书谒者令,掌“领赞尚书,出入奏事”,职属宫廷机要,任安要他“推贤进士”,为朝廷荐举人才。司马迁自以为前数年因李陵事下狱,受过“腐刑”,是莫大的耻辱,不配做这种事。在信中,引证古今,抒发愤懑,对当时的现实及其自身的遭遇,都有深刻的反映。文长一千三百余字,可分为六大段:首尾两段述复信延迟原因及复信时的心情;第二段述不配“推贤进士”的缘故;第三段述为李陵事下狱的经过;第四段述忍辱受刑;第五段述如何完成《史记》的写作。书中主要内容,有如下四个方面:

其一,反映了司马迁的光辉性格和封建统治者的一些恶劣行为。司马迁在书中称赞“慷慨之士”和“倜傥非常之人”,他自己正是地地道道的这种人。因为这样,他对受“腐刑”的耻辱,极为强调,认为“大质已亏”,“在阘茸之中”，至于“无可比数”，“虽累百世，垢弥甚耳”；如再“仰首伸眉，论列是非”，不但无地自容，而且“轻朝廷，羞当世之士”，绝不能再做什么“推贤进士”之事。越是强调自己受刑后的卑贱，越见出作者的倔强与对屈辱的不能容忍。他认为在受刑前理应“引决自裁”，不该苟且偷生，受此屈辱。这充分表现他性格的刚烈。他所以受此耻辱，又是出于正直敢言和对朝廷的忠诚。当李陵兵败投降匈奴的事件发生，在朝廷“大臣忧惧，不知所出”，“全躯保妻子之臣”及平时对李陵有“睚眦”之怨的人一片“媒孽其短”的声中，他挺身而出，说了一些公道话。李陵降敌，有失民族气节；但在当时，他的遭遇却又值得同情。司马迁与李陵无私交，然观察李陵平时的为人，“有国士之风”；兵败前的忠勇苦战，确有“出万死不顾一生”之概，情状感人。李陵之败，本来为汉武帝宠妃李夫人之兄贰师将军李广利所误，主要责任在彼。司马迁要武帝考虑李陵平日的为人及此次作战情况，略观动静。武帝袒护李广利，以为司马迁的发言，是“沮贰师”，即有伤李广利。遂如《史记》所载，“族陵母妻子”，断陵赎罪之路；并下司马迁于狱，施以酷刑，以泄私愤。这些，反映了司马迁性格的另一光辉侧面，并反映了汉武帝的处事不公、威福无常，以及朝官权贵的势利和无能。

其二，反映了封建刑狱制度的黑暗、残酷。汉初，原有纳钱谷可以赎罪和拜爵之举，司马迁受处分，“家贫，货赂不足以自赎;交游莫救;左右亲近,不为一言”。入狱后,以其性格的慷慨刚烈,也不免要“见狱吏则头枪地,视徒隶则正惕息”。他进而从周文王(西伯)、李斯、韩信(淮阴侯)、彭越、张敖、周勃(绛侯)、窦婴(魏其侯)、季布、灌夫等人入狱和受刑的事,指出在刑罚、狱官、狱卒的“积威约之势”的驱迫下,这些著名人物,包括自己在内,同样屈身受辱,“言不辱者,所谓强颜耳”!这除了涉及人情冷暖和皇帝的“左右亲近”的畏怯之外,主要反映封建刑狱制度的黑暗和残酷。

其三,在我国文学史上,最早提出了“发愤著书”的理论。司马迁认为“腐刑”之辱不可忍,但书中却又指出自己碰到时,是“就极刑而无愠色”。为什么呢?这是因为他又认为死“或重于泰山,或轻于鸿毛”,当时未对祖国和人民做出志所久存、力所能及的重要贡献,轻易一死,“轻于鸿毛”;他的顽强的历史责任感不容许他这样做,他只得付出巨大的代价,咬着牙根忍受下来。他以自己的痛苦实践,并总结了周文王、孔子、屈原、左丘明、孙膑、吕不韦、韩非等人在患难中或残废中著书,以及“《诗》三百篇,大抵圣贤发愤之所为作也”的大量事例,提出了发愤著书、患难著书的理论。这在我国文学史上是首创的,对于我国文学的发展,是有积极的推动作用的。

其四,揭露封建帝王对待史官的态度和自己写作《史记》的情况。书中揭露史官并不为封建帝王所重视,成为

“主上所戏弄，倡优所畜”的职务。但作者担任史官，并不因受到这种待遇而消沮，他意识到史官责任的重大，立志要为祖国写出第一部规模宏伟、全面而有系统的通史，这就是他忍死忍辱，而用血泪、生命换来的《史记》一书。他艰辛地“网罗天下放失旧闻，略考其行事，综其始终，稽其成败兴坏之理”，要把《史记》写成能够“究天人之际，通古今之变，成一家之言”的著作。实践证明，他坚强的意志和辛苦的劳动，使他达到这种目的，《史记》终于成为我国一部空前的、具有丰富史料、卓越史识，并有极高文学价值的伟大著作。书中这些话，对于我们理解《史记》这一部伟大著作，是很有帮助的。

书中所表达的这些思想内容，无疑都是可贵的。更为难能的，是作者能以非凡的文学才能，把这些思想内容，写得震撼人心，具有巨大的感染力。这种感染力，主要来自文章的激情和气势。司马迁既具有过人的激烈、慷慨和正义感强的性格，又有对于封建制度、封建统治的黑暗面的深切感受，对自己受刑以后的愤懑的长期郁积，对人生态度和历史责任感的反复思考，自然要在心中熔成一股火山下面的洪流、烈焰般的激情。一旦遇到写信的机会，又自然要迸喷而出，让这股洪流、烈焰去发放无限的光热。这就使文章无论是叙事或议论，都成为带着血泪、充满悲愤的控诉，成为抒情诗化的最强音，力量所至，飙扫涛卷。这种气势力量，又通过文章的语言形式，主要表现于如下的三个方面：

其一，急言极论，接连倾泻。书中历叙士德的五种表现，自己受“腐刑”之辱的“无所比数”，自己出仕后的种种矛盾，李陵的为人及其苦战情况，朝廷对于李陵事件的反应，各种刑罚的耻辱性的比较，历史上著名人物受罚就刑的态度，历史上发愤著书的事例，《史记》的内容和写作意图，或连类而及，或对比相触，都是一事接着一事，一例接着一例，思绪涌发，语不中断，用重叠、排比的句式，一气倾泻而下，既显得内容洋溢充实，又显得气势浩荡强盛。

其二，磅礴感情，起伏盘旋。书中所写，以忍辱受刑、忍痛著书的感情为主。这种感情，四面磅礴，不断起伏、沁透于各段之中，特别在首尾两段，更是呼应盘旋，贯注到底。这更使文章的主旋律的力量周遍伸张，始终不懈，更加强了文章的气势。

其三，在奔放中又极尽曲折、顿挫的能事。这篇文章，从整体上看，是一气倾泻的；但每叙一事或每发一议，又往往是层次多而转接自然，以奔放的气机挟曲折的思路以行。这种曲折，既不伤文章的奔放气势，相反的又以顿挫的力量加强了它。如第一段自“若望仆不相师”至“而与谁语”，“何则”至“适足以见笑而自点耳”；第三段自“仆少负不羁之行”至“而事乃有大谬不然者”，自“其素所蓄积也”至“私心痛之”；第四段自“与蝼蚁何以异”至“用之所趋异也”，自“当此之时”至“曷足贵乎”；第五段自“少卿视仆于妻子何如哉”至“况仆之不得已乎”……凡此之类,不胜备举,都是层次转折既多,机调又奔放直下,顿挫有加,而气势更旺的。

由于如上的特色,故整篇文章,以其过人的丰富、强烈、奔放的思想感情,形成卓绝千古的浩荡雄伟的气势。宋真德秀评为“跌宕奇伟”;清方苞评为“如山之出云,如水之赴壑,千态万状,变化于自然,由其气之盛也。后来惟韩退之《答孟尚书书》类此”;林云铭评为“通篇淋漓悲壮,如泣如诉,自始至终,似一气呵成”;浦起龙评为“沉雄激壮,如江海之气,横空上出,摩荡六虚”:都颇能得其气概。

(陈祥耀)

悲士不遇赋

原文

悲夫！士生之不辰。愧顾影而独存。恒克己而复礼，惧志行而无闻。谅才韪而世戾[1]，将逮死而长勤[2]。虽有形而不彰，徒有能而不陈。何穷达之易惑，信美恶之难分。时悠悠而荡荡，将遂屈而不伸。

使公于公者，彼我同兮；私于私者，自相悲兮。天道微哉，吁嗟阔兮[3]；人理显然，相倾夺兮。好生恶死，才之鄙也；好贵夷贱，哲之乱也。炤炤洞达[4]，胸中豁也；昏昏罔觉，内生毒也。

我之心矣，哲已能忖；我之言矣，哲已能选。没世无闻，古人唯耻；朝闻夕死，孰云其否。逆顺还周，乍没乍起[5]。理不可据，智不可恃。无造福先[6]，无触祸始。委之自然，终归一矣。

注

① 韪(wěi)：美善。世戾：世道暴戾。

② 长勤：勤勉不怠。

③ “天道微哉”二句：天道幽远，与人相隔。

④ 炤(zhāo)炤：同“昭昭”，明亮的样子。

⑤ “逆顺还周”二句：逆与顺循环往复，忽而消失忽而兴起。还，通“环”。

⑥ 造：往，到。

鉴赏

据《汉书·艺文志》著录，司马迁有赋八篇，存世之作仅有收录于《艺文类聚》的《悲士不遇赋》。此赋作于因李陵案下狱后。身陷囹圄之际，他曾经历生与死的抉择，接受宫刑可免死求生，然而“诟莫大于宫刑”。出狱后的司马迁隐忍苟活，自比为扫除之隶、阘茸之人，痛感污及先人，“为天下观”。饱受心灵折磨的同时，他对生命意义有了新的认识，对专制集权下“士不遇”悲剧命运也有更深刻的体认。儒家主张“杀身成仁”，“舍生取义”，“士可杀不可辱”，面对君主淫威，本可以死抗衡政治淫威，何况“臧获婢妾犹能引决”。他既为忍辱苟活而自卑，又以“勇者不必死节”而自傲，勇者并非将死亡视为生命苦痛的解脱之道，勇者可以拒绝死亡，即便以“诎体受辱”为代价。对司马迁而言，死可以明志，但生可以践志，选择死亡意味着强权对“究天人之际，通古今之变，成一家之言”的神圣事业的扼杀。徐复观在《论史记》中称，《史记》“把人与事的表里表达出来了，也即是把掩蔽在庄严仪式后面的由专制、侈泰、愚妄结合在一起的事之里与人之里，表达出来了，使后人得透过由专制权力所散布的虚伪的历史资料以把握历史的真实”。如果说一部《史记》以历史画卷形象展示了士不遇的历史真实，那么《悲士不遇赋》则对士不遇的历史悲剧作了理性揭示。

首段以感叹句领起，开宗明义，点出“士不遇”主题。接着叙写一己遭遇，自己虽有作为臣属的才德，克己复礼，品德高尚，勤奋刻苦，却屈而不伸，受到最卑贱的刑罚，对士不遇的愤慨不平，溢于纸上。

次段揭示造成“士不遇”悲剧的社会原因。封建集权专制下的官僚体制以君尊臣卑为原则，君臣关系本质上是主奴关系。在君临天下的帝王面前，臣只是唯命是从的工具，当政者如果“昏昏罔觉”，专断暴虐，后果便是贤愚倒置，小人得志，忠臣被斥。经历了屈辱与困厄的司马迁，不仅对士不遇的历史悲剧有了清醒认识，更能在隐忍之下坚守正直的士品。他傲岸地表示，与公心为国者为同道，视私心为己者如敝屣，贪生怕死是品质的堕落，重贵轻贫是思想的混乱，能够洞彻“不遇”悲剧是正直之士的必然命运，就能坦然面对苦难并超越苦难。士可不遇，但外忠于道义，内忠于本心，光明磊落的人格绝不可因世道不公而扭曲。

第三段承上抒写对是非、顺逆和生死的冷静思考与理性认识。司马迁坚信，自己的心志与著述，后代哲人自有公断；人生的顺境与逆境虽难预料，但“朝闻道夕可死矣”。人终有一死，顺从自然，以豁达的心态直面死亡，正是对世俗生死荣辱羁绊的超越。康德说：“有两样东西，愈是经常和持久地思考它们，对它们日久弥新和不断增长之魅力以及崇敬之情就愈加充实着心灵：我头顶的星空，和我心中的道德律。”司马迁的伟大，在于能够在集权专制的重压下坚守心中的道德律，执着于崇高的事业，为坚定的信念和神圣的理想而活着。司马迁曾在《报任安书》中说：“西伯拘，而演《周易》；仲尼厄，而作《春秋》；屈原放逐，乃赋《离骚》；左丘失明，厥有《国语》；孙子膑脚，《兵法》修列；不韦迁蜀，世传《吕览》；韩非囚秦，《说难》《孤愤》。”历史上，圣人贤者大多在经历“不遇”之困厄后，终成伟大事业。“要之死日，然后是非乃定”，生命的价值不在于生前的显赫或困厄，而在于能够为人类留下有价值的创造。

司马迁生活的年代，大赋流行于文坛，颂扬帝王功德、讴歌当朝伟业是大赋的惯见主题。本赋围绕士不遇的悲剧，揭示专制集权下正直之士的不幸遭遇，表达对生死荣辱的理性思考，至情至性，闪烁出智者思想的光芒。句式以四字句和六字句为主，整齐中见错综。感情悲愤沉郁，于屈而不伸的悲慨中表达对生命价值的敬重，于忍辱负重中体现坚韧不拔的意志。透过字里行间，我们看到的是经历肉体和精神摧残后涅槃新生的司马迁。

（顾伟列）

勾践灭吴

原文

勾践[1]之困会稽[2]也，喟然叹曰："吾终于此乎？"种[3]曰："汤系夏台[4]，文王囚羑里[5]，晋重耳奔翟[6]，齐小白奔莒[7]，其卒王霸。由是观之，何遽[8]不为福乎？"

吴既赦越，越王勾践反国，乃苦身焦思，置胆于坐，坐卧即仰胆，饮食亦尝胆也，曰："女忘会稽之耻邪[9]？"身自耕作，夫人自织，食不加肉，衣不重采，折节下贤人，厚遇宾客，振贫吊死，与百姓同其劳。欲使范蠡[10]治国政，蠡对曰："兵甲之事，种不如蠡；填抚[11]国家，亲附百姓，蠡不如种。"于是举国政属[12]大夫种，而使范蠡与大夫柘稽行成[13]，为质于吴。二岁而吴归蠡[14]。

勾践自会稽归七年，拊循其士民，欲用以报吴。大夫逢同[15]谏曰："国新流亡，今乃复殷给，缮饰备利，吴必惧，惧则难必至。且鸷鸟之击也，必匿其形。今夫吴兵加齐、晋，怨深于楚、越，名高天下，实害周室，德少而功多，必淫自矜。为越计，莫若结齐，亲楚，附晋，以厚吴。吴之志广，必轻战。是我连其权，三国伐之，越承其弊，可克也。"勾践曰："善。"

居二年，吴王[16]将伐齐。子胥[17]谏曰："未可。臣闻勾践食不重味，与百姓同苦乐。此人不死，必为国患。吴有越，腹心之疾；齐与吴，疥癣也。愿王释齐先越。"吴王弗听，遂伐齐，败之艾陵[18]，虏齐高、国[19]以归。让子胥。子胥曰："王毋喜！"王怒，子胥欲自杀，王闻而止之。越大夫种曰："臣观吴王政骄矣，请试尝之贷粟，以卜其事。"请贷，吴王欲与，子胥谏勿与，王遂与之，越乃私喜。子胥言曰："王不听谏，后三年吴其墟乎！"太宰嚭[20]闻之，乃数与子胥争越议，因谗子胥曰："伍员貌忠而实忍人[21]，其父兄不顾[22]，安能顾王？王前欲伐齐，员强谏，已而有功，用是反怨王。王不备伍员，员必为乱。"与逢同共谋，谗之王。王始不从，乃使子胥于齐，闻其托子于鲍氏[23]，王乃大怒，曰："伍员果欺寡人！"役反，使人赐子胥属镂[24]剑以自杀。子胥大笑曰："我令而父霸[25]，我又立若[26]，若初欲分吴国半予我，我不受，已，今若反以谗诛我。嗟乎，嗟乎，一人固不能独立！"报使者曰："必取吾眼置吴东门，以观越兵入也！"于是吴任嚭政。

居三年，勾践召范蠡曰："吴已杀子胥，导谀者众，可乎？"对曰："未可。"至明年春，吴王北会诸侯于黄池[27]，吴国精兵从王，惟独老弱与太子留守。勾践复问范蠡，蠡曰"可矣"。乃发习流二千人，教士四万人，君子六千人，诸御千人[28]，伐吴。吴师败，遂杀吴太子。吴告急于王，王方会诸侯于黄池，惧天下闻之，乃秘之。吴王已盟黄池，乃使人厚礼以请成越。越自度亦未能灭吴，乃与吴平[29]。

其后四年，越复伐吴。吴士民罢[30]弊，轻锐尽死于齐、晋。而越大破吴，因而留围之三年，吴师败，越遂复栖吴王于姑苏之山。吴王使公孙雄[31]肉袒膝行而前，请成越王曰："孤臣夫差敢布腹心，异日尝得罪于会稽，夫差不敢逆命，得与君王成以归。今君王举玉趾而诛孤臣，孤臣惟命是听，意者亦欲如会稽之赦孤臣之罪乎？"勾践不忍，欲许之。范蠡曰："会稽之事，天以越赐吴，吴不取。今天以吴赐越，越其可逆天乎？且夫君王蚤朝晏罢[32]，非为吴邪？谋之二十二年，一旦而弃之，可乎？且夫天与弗取，反受其咎[33]。'伐柯者其则不远[34]。'君忘会稽之厄乎？"勾践曰："吾欲听子言，吾不忍其使者。"范蠡乃鼓进兵，曰："王已属政于执事[35]，使者去，不者且得罪。"吴使者泣而去。勾践怜之，乃使人谓吴王曰："吾置王甬东[36]，君百家。"吴王谢曰："吾老矣，不能事君王！"遂自杀。乃蔽其面，曰："吾无面以见子胥也！"越王乃葬吴王而诛太宰嚭。

注

① 勾践：春秋时期越国君主（前 497 年—前 464 年在位），灭吴后成为春秋时期的最后一位霸主。

② 会稽：地名。在今浙江绍兴。

③ 种：越国大夫文种。辅佐越王勾践灭吴，功成后不为勾践所容，公元前 472 年被赐死。

④ 夏台：古台名，又称钧台，在今河南禹州。商朝的建立者商汤曾被夏朝的最后一位君主夏桀囚系在夏台。

⑤ 羑（yǒu）里：在今河南汤阴北。为商纣王囚禁周文王的地方。

⑥ 重耳奔翟：重耳是晋献公之子。晋献公宠爱骊姬，骊姬想要自己的

儿子奚齐成为太子，于是陷害原太子申生，申生自杀。骊姬又陷害晋献公的另外两个儿子重耳和夷吾，重耳逃到了他母亲的故国翟(狄)国。重耳在外流亡十九年，最终返回到晋国为君，这就是晋文公(前636年—前628年在位)，后来成为春秋时期的霸主。

⑦ 小白奔莒：小白是齐僖公之子。齐僖公死后，齐襄公继位，齐国政治混乱。管仲、召忽保护公子纠逃到鲁国，鲍叔牙保护小白逃到莒国。后齐僖公的侄子公孙无知弑杀齐襄公而自立为国君，齐国大夫雍廪又袭杀了公孙无知，公子小白抢在公子纠之前回到齐国，在国、高二氏支持下夺取君位。公子小白即齐桓公(前685—前643年在位)，后来在管仲的辅佐下成为春秋时期的第一位霸主。

⑧ 何遽：也作"何渠""何讵"。意为如何、怎么。

⑨ 女：通"汝"，你。邪(yé)：在句末表示疑问或反问的语气，相当于"吗"。

⑩ 范蠡：春秋末期越国大夫，辅佐越王勾践灭掉吴国，功成后隐居，后经商，富甲一方，被称为"陶朱公"。

⑪ 填抚：镇定安抚。填，通"镇"。

⑫ 属：通"嘱"，嘱托。

⑬ 柘(zhè)稽：越国大夫，《国语》作"诸稽郢"。行成：指议和。

⑭ 《国语》《越绝书》《吴越春秋》等皆言勾践与范蠡亲身入臣于吴，三年遣归，与《史记》记载不同。

⑮ 逢同：越国大夫。姓逢名同。

⑯ 吴王：即吴王夫差(前495年—前473年在位)，吴国最后一位君主。

⑰ 子胥：即伍子胥(？—前484)，名员，本为楚国人，其父伍奢被楚平王所杀，伍子胥逃亡吴国，辅佐吴王阖闾，率领吴国军队攻入楚国，为父报仇。后被吴王夫差所杀。

⑱ 艾陵：在今山东莱芜东北，一说在今山东泰安东南。

⑲ 高、国：齐国大夫高昭子、国惠子。

⑳ 太宰嚭(pǐ)：吴国太宰，被越国收买，陷害伍子胥，致使吴国亡国。

㉑ 忍人：残忍的人。

㉒ 其父兄不顾：楚平王欲杀伍奢，为斩草除根，派人召唤伍奢的两个儿子伍尚和伍子胥，诓骗他们说，如果你们来，就放了你们的父亲，如果你们不来，就杀了他。伍尚仁孝，来了，结果和伍奢一起被杀害

了。伍子胥知其有诈,遂逃亡宋国,后又到了吴国。
㉓ 鲍氏:齐国大夫。
㉔ 属镂:剑名。
㉕ 我令而父霸:指伍子胥辅佐夫差之父阖闾大败楚国。而,同“尔”,你。
㉖ 若:你。
㉗ 黄池:今河南封丘西南。
㉘ 习流:水兵。教士:受过训练的士兵。君子:指春秋时越王勾践以其心腹组成的君子军。诸御:在军中有职掌的官员。
㉙ 平:和,讲和。
㉚ 罢:通“疲”。
㉛ 公孙雄:吴国大夫。
㉜ 蚤朝晏罢:清早上朝处理政事,晚上才罢朝。蚤,通“早”。晏,晚。
㉝ 天与弗取,反受其咎:上天给你你却不要,反而会遭受咎害。杨伯峻《孟子译注》“不取,必有天殃”注释说:“《左传》僖公三十三年云:‘秦违蹇叔而以贪勤民,天奉我也。奉不可失,敌不可纵。纵敌患生,违天不祥,必伐秦师。’《国语·越语》也说:‘得时无怠,时不再来。天与不取,反为之灾。’可见‘天予不取,必有天殃’是当日早已流行的观念。”
㉞ 伐柯者其则不远:《诗经·豳风·伐柯》:“伐柯伐柯,其则不远。”意思是说,用斧头去砍伐木头作斧柄,斧柄的法则就在近旁。范蠡以此告诉越王勾践,要以吴王夫差当时没有灭掉越国,导致今天被越国所败作为借鉴。柯,斧柄。则,法则、道理。
㉟ 执事:帮助君主执行具体事务的人,这里指范蠡自己。
㊱ 甬东:《史记集解》引杜预曰:“甬东,会稽句章县东海中洲也。”即今浙江舟山岛。

鉴赏

近几年有个说法,分子人类学的研究者通过对Y染色体的测序表明,目前2%的中国男人都是刘邦的后代,但其数量也只能屈居第二。中国古代的名人中,后裔最多的就是越王勾践，目前全国约有5%的男性，都是越王勾践的后代，浙江最多，占比约14%。这或许与南方战乱较少，以及越国虽然在战国时期被楚国灭掉，但越王勾践家族对东南地区的统治地位却因为种种原因一直延续到汉武帝时期有关。

本文选自《史记·越王勾践世家》。越王勾践是大禹的玄孙少康的后裔，《史记·夏本纪》说："或言禹会诸侯江南，计功而崩，因葬焉，命曰会稽。会稽者，会计也。"大禹治水，曾在今绍兴会集诸侯，计算他们的功劳，因此命名此地为会稽。后大禹在会稽逝世，就埋葬在了那里。夏王少康中兴后，封其庶子无餘于会稽，以奉守对于禹的祭祀。自无餘至越王允常二十余世，允常与吴王阖闾相攻战。勾践即允常之子。公元前497年，允常去世，第二年，阖闾趁机攻打越国，勾践以计谋在槜李（今浙江嘉兴西南）大败吴军，阖闾也受伤而死。阖闾之子吴王夫差誓报父仇，励精图治，于公元前494年，在夫椒（山名，在今浙江绍兴市北，一说即今江苏无锡市西南太湖中马迹山）大败勾践的军队。勾践率五千余兵退保会稽，用大夫范蠡和文种的建议，收买了吴太宰嚭，向夫差贡献宝器，说服了夫差答应与越国议和。本文写的是，勾践在与吴国议和之后，卧薪尝胆，隐忍努力，最终灭掉吴国的故事。

勾践是一个能屈能伸的人，他也曾打败过吴王阖闾，但后来又被阖闾之子夫差打败。他一开始在范蠡的劝说下卑躬屈膝主动向夫差求和，而夫差的大臣伍子胥力劝夫差趁机灭掉越国、杀掉勾践，以绝后患，勾践得知后也想一死了之，但又在文种的劝说与计谋下最终与吴国议和。在这个过程中，勾践能够虚心听取范蠡和文种两位忠臣的建议也很重要。

相比之下，吴王夫差有些骄傲了，而且不能识人。伍子胥是忠臣，夫差却不听他的建议；太宰嚭是奸臣，吴王却不能辨别。与越国的议和为吴国留下了隐患。

勾践被围困在会稽、尚未与吴国和解之前，也曾灰心丧气，怀疑自己是不是就此要灭亡了。大夫文种给他解开了心结。商汤也曾被夏桀囚禁于夏台，后来却能推翻夏朝，统一天下；周文王也曾被商纣王囚禁于羑里，后来却能三分天下有其二，至其子周武王时而灭商建立周朝；齐桓公也曾流亡到莒国，晋文公也曾经流亡在外十九年，二人后来却先后成为春秋时期的霸主。现在您被吴王包围，这不一定是坏事，也许您以后也能成就一番霸业。

老子《道德经》说："祸兮福之所伏，福兮祸之所倚。"刘安《淮南子·人间训》里也记载了"塞翁失马，焉知非福"的典故。道家对于祸福的认识，是辩证地看待的，对于祸福的态度，是顺其自然。福来了，也不喜，因为怎知道它不是祸呢？祸来了，也不悲，因为又怎知道它不是福呢？不过文种对于勾践的开导，更像是儒家孟子式的："天将降大任于是人也，必先苦其心志，劳其筋骨，饿其体肤，空乏其身，行拂乱其所为，所以动心忍性，曾益其所不能。”儒家面对命运时是主动的，积极的，自强不息的，苦难和困境也就变成了磨炼和成长的动力。好在，勾践很认可文种的说法。司马迁写勾践，也是在写自己，他在《报任少卿书》中也说：“盖文王拘而演《周易》；仲尼厄而作《春秋》；屈原放逐，乃赋《离骚》；左丘失明，厥有《国语》；孙子膑脚，兵法修列；不韦迁蜀，世传《吕览》；韩非囚秦，《说难》《孤愤》；《诗》三百篇，大底圣贤发愤之所为作也。”司马迁就是以这样的精神支撑着自己完成了《史记》这一皇皇巨著。

选文的第二段和第三段写出了勾践的正确决策。首先是他自身能不忘耻辱、卧薪尝胆，以身作则，礼贤下士，爱护民众，于是使越国日渐兴旺。二是他听从范蠡的建议，根据大臣们不同的才能，把他们安排在了正确的位置上。他任命范蠡和大夫柘稽继续维护和吴国的议和政策，以麻痹吴国，同时任命文种总理国政，“填抚国家，亲附百姓”。三是他听从大夫逢同的建议，要隐忍低调，不要让吴国看出自己兴兵复仇的计划，而是要“结齐，亲楚，附晋，以厚吴”，和四个大国都搞好关系，找准吴国和其他三国因战争而困顿的时机，再去攻打吴国。

与之相反，第四段写出了吴王夫差的好战和刚愎自用、听信谗言、任用奸臣。吴国之前曾大败楚国和越国，吴王夫差不甘于只在南方的胜利，他还想要做中原的霸主。伍子胥一直认为越国是心腹之患，要想称霸中原，必须要先解决越国,但夫差不听。公元前 489 年,夫差听说齐景公死后大臣争夺权力,新立的国君幼小无势,于是不顾伍子胥的劝谏而攻打齐国,结果还打了胜仗。当然,此次吴伐齐,也与当时列国间的形势有关。根据《史记·仲尼弟子列传》的记载,当时齐国大夫田常"欲作乱于齐",但害怕高、国、鲍、晏四家的势力,所以命令这四家所掌握的兵力去讨伐鲁国,以削弱他们在齐国的力量。孔子为救自己的父母之国,就派子贡前往齐国,游说田常,让他派四家的兵力去打吴国而不要打鲁国。子贡给出的理由是鲁国弱,四家肯定能打胜仗,这样反而增强了他们的实力;吴国强大,四家不能取胜,田常就可以利用它们的失败来控制齐国。田常听从了子贡的建议,但是四家的兵力已经前往鲁国了,不方便撤回。于是子贡又前往吴国,劝说吴王攻打齐国。子贡给出的理由是,攻打齐国胜利了,就可以因此来使晋国畏惧而服从,同时伐齐救鲁也会给吴国带来美名。夫差也说出了自己对越国的忧虑,但子贡说,越国的力量还不如鲁国,兴不起什么大浪,而且您如果救了鲁国,又保存了越国,这样就在诸侯间树立了仁义的声名,中原的众多小国就愿意推举您为霸主了。夫差受到子贡的蛊惑,于是下定了伐齐的决心。因为此次伐齐的胜利,夫差就更不相信伍子胥了。在太宰嚭和文种的共同陷害之下,再加上伍子胥把自己的儿子托付给了齐国的鲍氏,彻底惹怒了夫差,最终被夫差杀害。

《司马法·仁本》篇说:“国虽大,好战必亡;天下虽平,忘战必危。”吴国的最终亡国,也与夫差的好战有关。夫差不断地与楚国、齐国、晋国作战,并威胁了鲁国等周边国家,一方面损耗了国力,另一方面也得罪了所有国家,使得越国乘虚而入,并在被越国攻打时也没有其他国家来营救,因为被欺负的国家都乐于见到吴国的灭亡。这也让我们想起《左传·昭十一年》里“桀克有缗以丧其国,纣克东夷而陨其身”的说法。到了战国时期,宋康王也因为好战,不断攻占周边国家的领土,最终被齐愍王联合其他国家灭掉;而齐愍王灭宋之后又重蹈覆辙,不断侵略周边国家,最终燕昭王派乐毅率领五国军队差一点灭掉了齐国。这又应验了老子所说的“祸兮福之所伏,福兮祸之所倚”的哲理。夫差正是因为不断的胜利,内心膨胀,刚愎自用,信用谗言,最终灭亡。假如夫差攻打齐国失败,或许他能够反躬自省,听从伍子胥的谏言。

伍子胥无疑是一个能预料未来发展趋势的人。《周易·系辞下》说:“知几其神乎!”能够看到事情的几微之处,在或吉或凶的结果还未明显时,就能通过事情的萌芽状态推断未来的发展,这就是“知几”。伍子胥通过勾践的“卧薪尝胆”和吴王的刚愎自用预料到了吴国必亡,这是他的先见之明。但是伍子胥还不能算是一个“智者”。《道德经》说:“知人者智,自知者明。”《诗经·大雅·烝民》说:“既明且哲,以保其身。”伍子胥虽然知道了吴王的为人,但是他却没能自保其身。《论语·子张》篇记载子夏的话说："君子信而后劳其民;未信,则以为厉己也。信而后谏;未信,则以为谤己也。"如果君主不信任我,我却劝谏他,他不但不会领情,还以为我在诽谤他。伍子胥错在没有取得吴王夫差的真正信任。当然这错主要在夫差,夫差不信任伍子胥,或许是因为伍子胥是他父亲的阖闾的旧臣,曾经帮助阖闾刺杀吴王僚而夺取吴王之位?也许是因为伍子胥帮助阖闾攻打楚国有功,功高震主,夫差或许有心理压力,想要摆脱伍子胥带来的阴影?不得而知。总之,夫差信任奸臣太宰嚭,太宰嚭却已被越国收买,于是在太宰嚭的谗言下,伍子胥未能逃脱被赐死的命运。其实伍子胥在把儿子托付给齐国鲍氏的时候,他自己或许也可以趁机逃离吴国,留在齐国。战国时期的乐毅不就是这样做的吗?乐毅受到燕昭王信任,一举攻克齐国七十余城;燕昭王去世,燕惠王不信任乐毅,以骑劫为将代替乐毅,乐毅就逃到了赵国。但是伍子胥没有逃离吴国,这或许是因为伍子胥本人性情的刚烈。他临死前还说:"必树吾墓上以梓,令可以为器;而抉吾眼悬吴东门之上,以观越寇之入灭吴也!"(《史记·伍子胥列传》)他的意思是吴国必定会被越国灭亡,他要用眼睛看到;他让人在墓上种上梓树,这梓树长大的时候,就是吴国灭亡的时候,正好可以用这梓树为吴王做棺材。夫差知道后大怒:"乃取子胥尸盛以鸱夷革,浮之江中。"(《史记·伍子胥列传》)夫差命人把伍子胥的尸体装进了皮囊扔进钱塘江中。民间传说称,伍子胥因怨恨吴王,其魂灵驱使钱塘江水为涛,汹涌起伏,因此钱塘江潮又名“子胥涛”。

第五段写公元前 482 年,吴王夫差欲称霸中原,与诸侯会于黄池。吴国的精兵都跟随吴王北上了,吴国唯有太子和老弱之人留守。于是越国趁机发兵攻入吴国,杀其太子。但吴国没有收回其称霸的野心,仍然不顾国内的虚弱,不断用兵于中原。终于在公元前 473 年,越国攻入吴国首都。范蠡劝勾践以夫差为鉴,不要与吴国讲和。不过勾践还是有一些仁慈之心的,愿意保全夫差的性命,让他安度晚年。夫差没有接受,含恨自杀了。吴太宰嚭因为不忠,被勾践杀了。当然关于吴王夫差和太宰嚭的结局,《左传》《越绝书》等有不同的说法,如《越绝书》记载的是勾践批评了夫差,并给了他一把剑让他自行决定。《左传》则记载太宰嚭被勾践任命为了越国的太宰。

《聊斋志异》的作者蒲松龄有一副自勉联写道:“有志者事竟成,破釜沉舟,百二秦关终属楚。苦心人天不负,卧薪尝胆,三千越甲可吞吴。”这副对联至今仍然激励着身处困境中的人们为自己的理想而努力奋斗。

(刘　永)

陈蔡之厄

原文

孔子迁于蔡三岁，吴伐陈。楚救陈，军于城父[1]。闻孔子在陈蔡之间，楚使人聘[2]孔子。孔子将往拜礼，陈蔡大夫谋曰："孔子贤者，所刺讥皆中诸侯之疾。今者久留陈蔡之间，诸大夫所设行皆非仲尼之意。今楚，大国也，来聘孔子。孔子用于楚，则陈蔡用事大夫危矣。"于是乃相与发徒役围孔子于野。不得行，绝粮。从者病[3]，莫能兴。孔子讲诵弦歌不衰。子路愠见曰："君子亦有穷乎?"孔子曰："君子固穷[4]，小人穷斯滥矣。"

子贡色作。孔子曰："赐，尔以予为多学而识[5]之者与?"曰："然。非与?"孔子曰："非也。予一以贯之。"

孔子知弟子有愠心，乃召子路而问曰："《诗》云'匪兕匪虎，率彼旷野'[6]。吾道非邪? 吾何为于此?"子路曰："意者吾未仁邪? 人之不我信也。意者吾未知邪? 人之不我行也。"孔子曰："有是乎! 由，譬使仁者而必信，安有伯夷、叔齐[7]? 使知者而必行，安有王子比干[8]?"

子路出，子贡入见。孔子曰："赐，《诗》云'匪兕匪虎，率彼旷野'。吾道非邪? 吾何为于此?"子贡曰："夫子之道至大也，故天下莫能容夫子。夫子盖少贬焉?"孔子曰："赐，良农能稼[9]而不能为穑[10]，良工能巧而不能为顺。君子能修其道，纲而纪之，统而理之，而不能为容。今尔不修尔道而求为容。赐，而志不远矣！”

子贡出，颜回入见。孔子曰：“回，《诗》云‘匪兕匪虎，率彼旷野’。吾道非邪？吾何为于此？”颜回曰：“夫子之道至大，故天下莫能容。虽然，夫子推而行之，不容何病？不容然后见君子！夫道之不修也，是吾丑[11]也。夫道既已大修而不用，是有国者之丑也。不容何病，不容然后见君子！”孔子欣然而笑曰：“有是哉颜氏之子！使尔多财，吾为尔宰[12]。”

于是使子贡至楚。楚昭王兴师迎孔子，然后得免。

注

① 城父：地名，位于今安徽亳州市谯城区城父镇。
② 聘：访问，聘请。
③ 病：疲惫。
④ 固穷：在走投无路的时候依然固守道义、理想。穷，穷困，走投无路。
⑤ 识(zhì)：记住。
⑥ “匪兕(sì)匪虎，率彼旷野”：出自《诗经·小雅·何草不黄》。匪：通“非”，不，不是。率：遵循，沿着。
⑦ 伯夷、叔齐：二人皆为商末孤竹君之子。国君爱叔齐，欲立叔齐为太子。后来国君去世，叔齐把国君之位让给伯夷，伯夷不受，叔齐也不肯继位，二人听说周文王行仁政，于是来到了周国。后来周文王去世，周武王起兵伐纣，伯夷和叔齐不赞同周武王的做法，在周武王灭商建立周朝后，不肯在周朝为官，遂隐居首阳山，不食周粟而死。孔子称赞伯夷和叔齐二人“求仁而得仁”(《论语·述而》)，心中无怨无悔；孟子称赞伯夷为“圣之清者也”(《孟子·万章下》)。
⑧ 王子比干：商纣王的叔父，一说是商纣王的兄弟，因直言劝谏纣王

而被杀。《论语·微子》记载:“微子去之,箕子为之奴,比干谏而死。孔子曰:‘殷有三仁焉。’”

⑨ 稼:耕种。

⑩ 穑:收获。

⑪ 丑:羞愧,耻辱。

⑫ 宰:家宰,管家。宰有治理的意思。

鉴赏

本文选自《史记·孔子世家》。记载了孔子在陈国与蔡国之间遭遇的一次困厄,即著名的“陈蔡之厄”。

陈蔡之厄发生于鲁哀公六年,公元前489年,时孔子六十三岁。

陈蔡之厄发生的原因是什么?孔子周游列国,曾经来到陈国、蔡国,非但得不到重用,还受到陈国、蔡国主政大夫们的猜忌。后来吴国攻打陈国,致使陈国政局进一步动荡,孔子待在陈国也有危险。这时,楚国派兵伐吴救陈,楚昭王认为孔子是一位圣贤之人,并得知孔子此时逗留在陈蔡之间的某地,于是派人来访问并聘请孔子来楚国。而陈国、蔡国主政的大夫以小人之心度君子之腹,认为孔子一贯不满意他们的做法,担心孔子到了楚国后,会唆使楚王向他们兴师问罪,于是派兵包围了孔子一行人。在被围困期间,绝粮七天,很多学生都饿得爬不起来了,同学们身心俱疲,对孔子一直坚持的道德情操和政治理想产生了怀疑。

子路是孔子的著名弟子,仅比孔子小九岁,遇到事情的时候敢于向孔子发出质疑。他心中恼怒,率先质问老师:“君子也会走投无路吗?”意思是说,我们一直都追求高尚的道德情操,洁身自好,努力做君子、希望成为圣贤,为什么我们这样的人也会遭遇这样的困厄、走投无路呢?子贡也不理解孔子,脸上写满了不高兴。

面对这样的情况,孔子是怎样做的呢?文中从三个方面给我们展示了孔子的做法。

首先,孔子面对被包围且断绝粮食的绝境下,并没有自怨自艾或者怨天尤人,也没有愁苦不安或者手足无措。他仍然“讲诵弦歌不衰”。他仍然在为同学们讲述诗书礼乐,弹琴诵诗,没有一丝懈怠,不感到一毫疲倦。孔子有一种“泰山崩于前而色不变”的胸襟和气概。孔子启发我们,面对困境,仍然保持一种平静的心态,坦然面对。

其次,当子路质问孔子“君子亦有穷乎”,这种质问里面有懊恼、愤怒,还有对孔子所坚持的并一直向同学们教导的道德情操和政治理想的怀疑。孔子的答复是:“君子固穷,小人穷斯滥矣。”走投无路的困境,是外在的环境,有的时候可能你想避开却避不开的,不知不觉、没有来由地降临到一个人身上的,或许这就是说不清的“命运”。孟子说:“莫之为而为者,天也;莫之致而至者,命也。”(《孟子·万章上》)没有人去这样做,但事情却这样发生了,这就是天意;没有人去主动招来的,但事情却这样来了,这就是命运。孔子告诉子路,我们所坚守的高尚的道德情操和伟大的政治理想，并不能阻止不幸的到来，但却给了我们应对不幸的方式。那就是在面对困境、走投无路的时候，仍然坚持这样高尚的道德情操和伟大的政治理想，而不是放弃它们。君子正是这样能意志坚定、固守理想的人。

最后，当孔子看到大家心中的烦恼、疑惑的时候，便主动招来他的三位弟子子路、子贡、颜渊，通过询问他们，了解他们心中的想法，并给予自己的答案。

当他分别问三人"吾道非邪？吾何为于此？"的时候，子路心中颇为怀疑，认为我们之所以遭此困厄，是因为我们的仁心和智慧还不够。孔子告诉他，我们已经做到了仁爱和智慧，但做到了仁爱和智慧是君子自身的修为，并不一定就会得到世俗之人的理解。虽然得不到世俗之人的理解，但我们应当依然坚守我们的仁爱和智慧。

子贡知道孔子所坚守的道德情操的高尚、政治理想的伟大，他知道这些不为一味追求功名利禄的世俗所不容，于是劝孔子是不是可以降低标准。孔子批评子贡说，我们追求高尚的道德情操和伟大的政治理想，是为了改变世俗，而不能降低自己的标准来求得世俗的容纳。我们正是要为世俗树立一个标准。最后孔子批评子贡，你的志向太短浅了！

在《孟子·尽心上》篇，孟子的学生公孙丑也曾对孟子提出同样的疑问曰："道则高矣，美矣，宜若登天然，似不可及也，何不使彼为可几及而日孳孳也？"公孙丑说，老师啊，您所倡导和追求的大道很高很好，但对于人们来说却像登天一样高不可攀，为什么您不降低一下要求，让人们能够够得着，然后有信心每天去努力追求呢？孟子的回答是："大匠不为拙工改废绳墨，羿不为拙射变其彀率。君子引而不发，跃如也。中道而立，能者从之。"大匠不会为了笨拙的徒弟而改变规则，神射手也不会笨拙的徒弟而降低拉开弓的标准。君子要做的，是努力做得符合最高的标准，有能力的自然会跟上，而不是降低标准屈就别人。孟子的想法和孔子完全相合。

在孔子的弟子中，只有颜回才真正了解孔子、理解孔子。他说出了孔子的心声。正是因为我们的道德情操的高尚和政治理想的伟大，所以才不为世俗所容。但这不是我们的耻辱，这是那些当权者的耻辱。我们要做的就是修养好自身，努力学习和传承圣贤之大道，为世俗做一个旗帜引领和学习的榜样。孔子听后很欣慰，幽默地说："颜回你说得好啊，如果你是个大富豪的话，我愿意帮助你理财啊。"这句话应该是一个比喻，孔子是说，我们俩的认识是高度一致的，如果你是一位国君，我愿意做辅佐你的宰相，这样我们就能推行我们的政治理想，用仁义礼乐把国家和天下都治理好。

在陈蔡之厄这一历史事件中，孔子和弟子们给我们做了伟大的示范，那就是在困境中，在走投无路的时候，也要坚守自己的理想，毫不动摇。《诗经》说："彼其之子，舍命不渝。”(《郑风·羔裘》)《周易》说:“泽无水,困,君子以致命遂志。”(《困卦》象传)孔子说:“岁寒,然后知松柏之后凋也。”(《论语·子罕》)又说:“笃信好学,守死善道。”(《论语·泰伯》)又说:“君子和而不流,强哉矫!中立而不倚,强哉矫!国有道,不变塞焉,强哉矫!国无道,至死不变,强哉矫!”(《中庸》)曾子说:“临大节而不可夺也。”(《论语·泰伯》)孟子说:“居天下之广居,立天下之正位,行天下之大道;得志,与民由之;不得志,独行其道。富贵不能淫,贫贱不能移,威武不能屈。此之谓大丈夫。”(《孟子·滕文公下》)孔子说的“予一以贯之”,就是坚守伟大的理想、秉持坚定的信念,以仁义之心、忠恕之道面对人生中已经到来的和将要到来的一切。

(刘　永)

孔子世家赞

原文

太史公曰：

《诗》有之："高山仰止，景行行止。"①虽不能至，然心乡②往之。余读孔氏书，想见其为人。适③鲁，观仲尼庙堂车服礼器，诸生以时习礼其家，余祗回④留之不能去云。天下君王至于贤人众矣，当时则荣，没则已焉。孔子布衣，传十余世，学者宗之。自天子王侯，中国言六艺⑤者折中⑥于夫子，可谓至圣矣！

注

① "高山仰止，景行行止"：出自《诗经·小雅·车辖》。止：语气词，一说通"之"。景行(háng)：大路。第二个"行"字意为行走。一说应读"景行(xíng)行止"，意思是说光明的品行，要按照它去行动。

② 乡：通"向"。

③ 适：到。

④ 祗(zhī)回：徘徊，流连。

⑤ 六艺：指儒家"六经"，即《诗》《书》《礼》《易》《乐》《春秋》六种经典。另有"小六艺"，指礼、乐、射、御、书、数六种技能。

⑥ 折中：取正，用为判断事物的准则。

鉴赏

本文是《孔子世家》文末的"太史公曰"部分，是司马迁对孔子的综合评价。司马迁给予了孔子极高的评价，称孔子为"至圣"，也就是最高的圣人。这跟他的父亲司马谈不同。根据《史记·太史公自序》记载的司马谈《论六家要旨》来看，司马谈对儒家、墨家、法家等都有所批评，但唯独推崇道家。而司马迁却倾向于儒家。他认为所有的人谈论六经都要以孔子的论述为标准，因此孔子是"至圣"，这说明他推崇六经。在他心中，儒家的六经是最伟大的著作。他推崇孔子，他引用《诗经》，以"高山""景行"来比喻孔子。孔子就像高山一样伟大，令人瞻仰；孔子为后人指出了光明的圣贤大道，并引导人们来行走于其上。

司马迁还说得非常富有感情，他说："余读孔氏书，想见其为人。"我们读《论语》，弟子们对孔子的评价是："温良恭俭让"（《学而》），"子温而厉，威而不猛，恭而安"（《述而》），"子之燕居，夭夭如也，申申如也"（《乡党》）。这些描述确实令人倍感亲切。这让我们想到东汉贤士黄宪（字叔度）。《世说新语·德行篇》记载郭泰（字林宗）评价黄宪："叔度汪汪如万顷之陂，澄之不清，扰之不浊。其器深广，难测量也。"黄庭坚在《豫章集·濂溪诗序》中评价周敦颐："人品甚高，胸怀洒落，如光风霁月。"朱熹《伊洛渊源录》卷四记载，朱光庭在汝州听他的老师、大理学家程颢讲课，听了一个多月，回到家中对人说："光庭在春风中坐了一月。"我们读到这样的文字，对这样的人物也不禁心驰神往。

司马迁还来到了孔子生活过的地方，或许还在那里住了一段时间，在那里想象孔子的生活。也许正是因为如此，他才能把孔子写得这样富有神采。而司马迁之所以能把整部《史记》都写得这样惊心动魄、感动千古，也许跟他不仅读万卷书，而且真正做到了行万里路有关。《太史公自序》记载："迁生龙门，耕牧河山之阳。年十岁则诵古文。二十而南游江、淮，上会稽，探禹穴，窥九疑，浮于沅、湘；北涉汶、泗，讲业齐、鲁之都，观孔子之遗风，乡射邹、峄；厄困鄱、薛、彭城，过梁、楚以归。于是迁仕为郎中，奉使西征巴、蜀以南，南略邛、笮、昆明，还报命。"他书中写到的很多地方，也许他都亲自探访过，他在那里徘徊流连，体会他笔下的人物生活在那里的情形。

司马迁对孔子的推崇还体现在，孔子最后作为没有官职的布衣，司马迁却把他的传记放在了"世家"中。"世家"中所记载的，在秦以前的基本都是诸侯，只有孔子是个例外。秦以后的也都是诸侯或诸王，汉初的几位名相也同时具有侯的身份。只有陈胜有点不同，因为陈胜的王位没有能传给他的子孙，但陈胜也毕竟称王了。所以说来说去，只有孔子是最独特的。而司马迁的父亲司马谈所推崇的道家的代表人物老子则被记载于普通的"列传"系列。

不过说孔子例外，或许也不例外，孔子体现了另一种"世家"，孔子和他的子孙世代传习六经，传承圣贤之道，不也是"世家"吗？从孔子开始到司马迁的老师孔安国，孔子的子孙中传承经典者代不乏人。著名的有孔伋、孔斌、孔鲋等人。另外，除了血缘之外，孔子的学问还通过他的弟子们，通过"学缘"一代代相传。"学缘不亚血缘亲"（守中先生诗句)，我们今天不还在传承着孔子所传给我们的圣贤之道吗？也许，我们也已经被暗暗记录在“孔子世家”的“学缘”世系中了？

司马迁把孔子写进“世家”系列，也体现了司马迁对道德学问的推崇和重视，体现了他自己对理想的追求。他说自己写《史记》的目的是为了“究天人之际，通古今之变，成一家之言”(《报任少卿书》)，他的目的难道不是想效法孔子吗？孟子说：“王者之迹熄而《诗》亡，《诗》亡然后《春秋》作。”(《孟子·离娄下》)或许在司马迁的心里，“《春秋》亡而《太史公书》作”？司马迁其实也把自己写进了《孔子世家》的“学缘”系统之中！韩愈所说的道统，其实一直没有断过。

司马迁说孔子是“至圣”，其实在孔子活着的时候，就已经有人说他是圣人了。有一位太宰问孔子的弟子子贡：“夫子圣者与？何其多能也？”子贡回答说：“固天纵之将圣，又多能也。”(《论语·子罕》)子贡也曾经问孔子：“夫子圣矣乎？”孔子谦虚地说：“圣则吾不能，我学不厌而教不倦也。”子贡说：“学不厌，智也；教不倦，仁也。仁且智，夫子既圣矣！”(《孟子·公孙丑上》)《礼记·经解》篇，孔子说：“其为人也温柔敦厚而不愚，则深于《诗》者也；疏通知远而不诬，则深于《书》者也；广博易良而不奢，则深于《乐》者也；洁静精微而不贼，则深于《易》者也；恭俭庄敬而不烦，则深于《礼》者也；属辞比事而不乱，则深于《春秋》者也。”

孔子深通六经，说他达到了圣人的境界，又有什么可怀疑的呢？

孔子去世后，也有些人贬低孔子，子贡竭力维护自己的老师，对这些人进行了批评。子贡说，一般的人就像丘陵，不难越过，但孔子犹如日月，无法超越。子贡说“夫子之不可及也，犹天之不可阶而升也”。子贡无论在商业上还是政坛上都是一位世俗意义上的成功人士，因此有人对子贡说：你的老师孔子不如你。子贡说，如果用院墙和院子里的房屋来做比喻的话，我的院墙才到肩膀那么高，别人站在墙外就可以看到院子里漂亮的房屋；但是我的老师孔子的院墙好几米高，你站在墙外根本看不到院墙内有庄严肃穆的宗庙建筑和众多各式各样的房屋；连能找到大门走进去的人都很少。(《论语·子张》)子贡还说：“见其礼而知其政，闻其乐而知其德。由百世之后，等百世之王，莫之能违也。自生民以来，未有夫子也。”(《孟子·公孙丑上》)子贡认为，孔子所立的标准也可以做后世的标准，自有人类以来，没有比孔子更伟大的圣人了。

另外，孔子的弟子曾子说：“江汉以濯之，秋阳以暴(曝)之，皜皜乎不可尚(上)已。”(《孟子·滕文公上》)他把自己接受孔子的教育，比作像在大江大河里沐浴过一般，像在夏天万丈光芒的太阳下暴晒过一般(此处“秋阳”为周历，换算成夏历相当于夏天的时候)，他说孔子像皓皓之天，没有比孔子更高明的人了。宰我也说：“以予观于夫子，贤于尧、舜远矣。”他觉得孔子比尧、舜这样的圣王还要伟大。有若也说：“岂惟民哉？麒麟之于走兽，凤凰之于飞鸟，太山之于丘垤，河海之于行潦，类也。圣人之于民，亦类也。出于其类，拔乎其萃，自生民以来，未有盛于孔子也。”(《孟子·公孙丑上》)走兽中有麒麟，飞鸟中有凤凰，山峦中有泰山，众水中有河海，众人中有圣人。孔子就是人类中的圣人。

孟子最崇拜的人也是孔子。他称孔子是“圣之时者”，超过了“圣之任者”伊尹、“圣之清者”伯夷和“圣之和者”柳下惠。孟子说这些圣人都令他钦佩，但“孔子之谓集大成”，(《孟子·万章下》)“乃所愿，则学孔子也”(《孟子·公孙丑上》)。他愿意以孔子为自己终身学习的榜样。所以，孔子虽然离我们已经两千五百多年了，但他难道不也仍然值得成为我们终身学习的榜样吗？

（刘　永）

留侯张良

原文

留侯张良者，其先韩人也[①]。大父开地[②]，相韩昭侯、宣惠王、襄哀王。父平，相釐王、悼惠王。悼惠王二十三年，平卒。卒二十岁，秦灭韩。良年少，未宦事韩。韩破，良家僮三百人，弟死不葬，悉以家财求客刺秦王，为韩报仇，以大父、父五世相韩[③]故。

良尝学礼淮阳[④]。东见仓海君[⑤]。得力士，为铁椎重百二十斤。秦皇帝东游，良与客狙击秦皇帝博浪沙中，误中副车[⑥]。秦皇帝大怒，大索天下，求贼甚急，为张良故也。良乃更名姓，亡匿下邳[⑦]。

良尝闲从容步游下邳圯[⑧]上，有一老父，衣褐，至良所，直堕其履圯下，顾谓良曰："孺子，下取履！"良鄂然，欲殴之。为其老，强忍，下取履。父曰："履[⑨]我！"良业[⑩]为取履，因长跪履之。父以足受，笑而去。良殊大惊，随目之。父去里所，复还，曰："孺子可教矣。后五日平明，与我会此。"良因怪之，跪曰："诺。"五日平明，良往。父已先在，怒曰："与老人期，后，何也？"去，曰："后五日早会。"五日鸡鸣，良往。父又先在，复怒曰："后，何也？"去，曰："后五日复早来。"五日，良夜未半往。有顷，父亦来，喜曰："当如是。"出一编书，曰："读此则为王者师矣。后十年兴。十三年孺子见我济北[⑪]，谷城山下黄石即我矣[12]。"遂去,无他言,不复见。旦日视其书,乃《太公[13]兵法》也。良因异之,常习诵读之。

居下邳,为任侠。项伯尝杀人,从良匿。

后十年,陈涉等起兵,良亦聚少年百余人。景驹自立为楚假王[14],在留。良欲往从之,道遇沛公。沛公将数千人,略地下邳西,遂属焉。沛公拜良为厩将[15]。良数以太公兵法说沛公,沛公善之,常用其策。良为他人言,皆不省。良曰:"沛公殆[16]天授。"故遂从之,不去见景驹。

及沛公之薛[17],见项梁[18]。项梁立楚怀王。良乃说项梁曰:"君已立楚后,而韩诸公子横阳君成贤,可立为王,益树党。"项梁使良求韩成,立以为韩王。以良为韩申徒[19],与韩王将千余人西略韩地,得数城,秦辄复取之,往来为游兵颍川[20]。

沛公之从雒阳南出轘辕[21],良引兵从沛公,下韩十余城,击破杨熊军。沛公乃令韩王成留守阳翟,与良俱南,攻下宛[22],西入武关[23]。沛公欲以兵二万人击秦峣[24]下军,良说曰:"秦兵尚强,未可轻。臣闻其将屠者子,贾竖[25]易动以利。愿沛公且留壁[26],使人先行,为五万人具食,益为张旗帜诸山上,为疑兵,令郦食其持重宝啗秦将。"秦将果畔[27],欲连和俱西袭咸阳[28],沛公欲听之。良曰:"此独其将欲叛耳,恐士卒不从。不从必危,不如因其解[29]击之。"沛公乃引兵击秦军,大破之。北至蓝田[30],

再战，秦兵竟败。遂至咸阳，秦王子婴降沛公。

沛公入秦宫，宫室帷帐狗马重宝妇女以千数，意欲留居之。樊哙谏沛公出舍，沛公不听。良曰："夫秦为无道，故沛公得至此。夫为天下除残贼，宜缟素为资[31]。今始入秦，即安其乐，此所谓'助桀为虐'。且'忠言逆耳利于行，毒药[32]苦口利于病'，愿沛公听樊哙言。"沛公乃还军霸上[33]。

项羽至鸿门[34]下，欲击沛公，项伯[35]乃夜驰入沛公军，私见张良，欲与俱去。良曰："臣为韩王送沛公，今事有急，亡去不义。"乃具以语沛公。沛公大惊，曰："为将奈何？"良曰："沛公诚欲倍项羽邪[36]？"沛公曰："鲰生教我距关无内诸侯[37]，秦地可尽王，故听之。"良曰："沛公自度能却项羽乎？"沛公默然良久，曰："固不能也。今为奈何？"良乃固要项伯。项伯见沛公。沛公与饮为寿，结宾婚[38]。令项伯具言沛公不敢倍项羽，所以距关者，备他盗也。及见项羽后解，语在项羽事中。

汉元年正月，沛公为汉王，王巴蜀。汉王赐良金百溢，珠二斗，良具以献项伯。汉王亦因令良厚遗项伯，使请汉中地[39]。项王乃许之，遂得汉中地。汉王之国，良送至褒中[40]，遣良归韩。良因说汉王曰："王何不烧绝所过栈道，示天下无还心，以固项王意。"乃使良还。行，烧绝栈道。

良至韩，韩王成以良从汉王故，项王不遣成之国，从与俱东。良说项王曰："汉王烧绝栈道，无还心矣。"乃以齐王田荣反，书告项王。项王以此无西忧汉心，而发兵北击齐。

项王竟不肯遣韩王，乃以为侯，又杀之彭城。良亡，间行归汉王，汉王亦已还定三秦[41]矣。复以良为成信侯，从东击楚。至彭城，汉败而还。至下邑[42]，汉王下马踞鞍而问曰："吾欲捐关以东等弃之[43]，谁可与共功者？"良进曰："九江王黥布，楚枭将，与项王有郄[44]；彭越与齐王田荣反梁地：此两人可急使。而汉王之将独韩信可属大事，当一面。即欲捐之，捐之此三人，则楚可破也。"汉王乃遣随何说九江王布，而使人连彭越。及魏王豹反，使韩信将兵击之，因举燕、代、齐、赵。然卒破楚者，此三人力也。

张良多病，未尝特将也，常为画策臣，时时从汉王。

....

汉六年正月，封功臣。良未尝有战斗功，高帝曰："运筹策帷帐中，决胜千里外，子房功也。自择齐三万户。"良曰："始臣起下邳，与上会留，此天以臣授陛下。陛下用臣计，幸而时中，臣原封留足矣，不敢当三万户。"乃封张良为留侯，与萧何等俱封。

....

（汉十二年，）留侯乃称曰："家世相韩，及韩灭，不爱万金之资，为韩报雠[45]强秦，天下振动。今以三寸舌为帝者师，封万户，位列侯，此布衣之极，于良足矣。愿弃人间事，欲从赤松子[46]游耳。"乃学辟谷，道引轻身。会高帝崩[47]，吕后德留侯，乃强食之，曰："人生一世间，如白驹过隙，何至自苦如此乎！"留侯不得已，强听而食。

后八年[48]卒，谥为文成侯。子不疑代侯。

子房始所见下邳圯上老父与太公书者，后十三年从高帝过济北，果见谷城山下黄石，取而葆祠[49]之。留侯死，并葬黄石。每上冢伏腊[50]，祠黄石。

留侯不疑，孝文帝五年坐不敬，国除。

太史公曰：学者多言无鬼神，然言有物[51]。至如留侯所见老父予书，亦可怪矣。高祖离[52]困者数矣，而留侯常有功力焉，岂可谓非天乎？上曰："夫运筹策帷帐之中，决胜千里外，吾不如子房。"余以为其人计魁梧奇伟，至见其图，状貌如妇人好女。盖孔子曰："以貌取人，失之子羽[53]。"留侯亦云。

注

① 《括地志》："故留城在徐州沛县东南五十五里。今城内有张良庙也。"留城已淹没在微山湖中，湖中有岛名微山岛，岛上有张良墓。张良，字子房。王符、皇甫谧认为张良是韩国王室贵族，姬姓，因刺杀秦始皇而被通缉，乃改名张良，韩国先有张去疾和张谴等人，应该不是张良的先人。

② 大父：祖父。开地：张良祖父的名字。

③ 五世相韩：为五位韩王做相，辅佐五位韩王。

④ 淮阳：郡名。治今河南周口市淮阳区。

⑤ 仓海君：一说为东夷君长，一说为当时朝鲜半岛上的貊秽国君主。

⑥ 副车：根据汉朝礼制，天子出行时有属车三十六辆，副车即属车。

⑦ 下邳：治今江苏睢宁北。

⑧ 圯（yí）：桥。

⑨ 履：履本意为鞋子，这里做动词用，意为给某人穿上鞋子。

⑩ 业：已经。

⑪ 济北：秦设三十六郡，济北郡为其一，郡治博阳，故城在今山东泰安市岱岳区。

⑫ 谷城山：一名"黄山"，在今山东平阴西南。黄石：《史记正义》：孔文祥云"黄石公，须眉皆白，杖丹黎，履赤舄"。

⑬ 太公：姜子牙，辅佐周武王灭商，被封于齐，为齐太公。

⑭ 假王：暂署的、非正式受命的王。

⑮ 厩将：官名，主要负责车马后勤方面的工作。

⑯ 殆：近于，大概。

⑰ 薛：古国名，在今山东枣庄市薛城区。

⑱ 项梁：楚国名将项燕之子，项羽的叔父，起义军首领之一。

⑲ 申徒：即司徒，《史记集解》引徐广曰："即司徒耳，但语音讹转，故字亦随改。"

⑳ 颍川：颍川郡，以颍水得名，治所在阳翟（今禹州）。

㉑ 雒阳：即洛阳。轘（huán）辕：古关名，在今河南偃师市东南轘辕山。

㉒ 宛：在今宛城区，隶属河南省南阳市。

㉓ 武关：位于今陕西丹凤东南，与函谷关、萧关、大散关成为"秦之四塞"。

㉔ 峣（yáo）：峣关，故址在陕西商洛西北，因临峣山得名。自古为关中平原通往南阳盆地的交通要隘。

㉕ 贾（gǔ）竖：旧时对商人的贱称。

㉖ 壁：营垒。

㉗ 畔：通"叛"。

㉘ 咸阳：秦朝首都。

㉙ 解：通"懈"，懈怠，放松警惕。

㉚ 蓝田：蓝田县，今属陕西西安。

㉛ 缟素为资：意谓以节俭朴素为底色，反对秦朝的奢侈放纵。资，藉，藉有"垫、衬"的意思。

㉜ 毒药：辛烈的药物。

㉝ 霸上：即灞上，在今陕西西安市东，因在霸水西高原上得名。

㉞ 鸿门：在今陕西西安市临潼区东北。

㉟ 项伯：项梁之弟，项羽之叔。

㊱ 倍：通“背”，背叛。邪：通“耶”，表疑问。

㊲ 鲰(zōu)生：浅薄无知的小人。距：据守。内：通“纳”，使进入，放入。

㊳ 结宾婚：招待宾客并结为儿女亲家。

㊴ 使请汉中地：项羽封刘邦为汉王，管辖的领地只有巴蜀地区，现在又让项伯帮忙申请汉中地区。汉中，郡名，治今陕西汉中。

㊵ 褒中：古道路名，又名褒斜，因取道褒水、斜水二河谷得名，属于汉中郡，是由汉中入巴蜀的险要通道。

㊶ 三秦：即关中地区。项羽分封天下，把秦故地关中地区分为三个国家，故称三秦。

㊷ 下邑：古县名，治今安徽砀山。

㊸ 捐：舍弃，献出。关以东：函谷关以东。函谷关位于今河南灵宝市函谷关镇王垛村，因其地处“两京古道”，紧靠黄河岸边，关在谷中，深险如函，故称。为关中通往东方地区的重要关口。

㊹ 郄：通“隙”，隔阂，矛盾。

㊺ 雠：同“仇”。

㊻ 赤松子：《史记索隐》引《列仙传》：“神农时雨师也，能入火自烧，昆仑山上随风雨上下也。”

㊼ 高帝崩：汉高祖刘邦去世于汉十二年，即公元前195年。

㊽ 八年：关于卒年，古籍有不同记载。《汉书》作“后六岁薨”；据《功臣侯表》，张良死于高后二年(前186)，即“后九年”。

㊾ 葆祠：葆，通“宝”，珍视。祠，祭祀。

㊿ 伏腊：古代两种祭祀名。分别指夏天伏日这一天的祭祀和冬天腊日这一天的祭祀。

51 物：指精怪之类。

52 离：通“罹”，遭遇。

53 子羽：孔子弟子澹台灭明，字子羽。据《史记·仲尼弟子列传》记载，子羽相貌丑陋，一开始未引起孔子的重视。后来努力学习，克己复礼，游学江南，有弟子三百余人，声名著于诸侯。因此孔子说，凭容貌来看待一个人，就会判断失误。

鉴赏

本文选自《史记·留侯世家》，选取了张良寻找刺客刺杀秦始皇，到楚汉相争之初辅佐刘邦，以及功成身退的故事。

第一、第二段，从“留侯张良者”至“亡匿下邳”，介绍了张良的家世并描写了张良用大力士刺杀秦始皇未遂的故事。

张良的祖父、父亲为战国时韩国人，曾“五世相韩”，即先后为相，辅佐五位韩王。张良虽然没有在韩国做过官，但他却感到自己有责任为韩国报仇，因此寻找到一位大力士，在秦始皇东游时，刺杀秦始皇。结果大力士的铁锤误中副车，刺杀失败。张良也因此逃亡到下邳隐居。

张良对暴秦的仇恨具有普遍性，代表了那个时代人们的普遍心理。燕国在灭亡之前，燕太子丹对秦王嬴政的仇恨为我们所熟悉，燕太子丹找来了刺客荆轲刺杀秦王，但以失败告终。楚南公曾说：“楚虽三户，亡秦必楚。”当时人认为秦灭六国，楚最无辜。而且秦昭襄王曾经把楚怀王骗到秦国，并且扣留了他，楚怀王最终客死秦国，这一事件一直让楚人耿耿于怀。齐王建轻信秦国，投降秦国后却被软禁而活活饿死，这无疑也埋下了齐人仇恨的种子。指鹿为马的赵高，作为秦朝灭亡过程中的重要人物，对秦朝来说无疑是个奸臣、佞臣，但也有研究认为赵高其实是处心积虑用这种方式来为赵国报仇的，无论他的手段如何，他达到了目的。正是因为普遍的对暴秦的仇恨心理，所以当陈胜吴广揭竿而起后，短短的时间里，天下响应，并在两年多的时间里就灭亡了秦朝。

第三第四段，从“良尝间从容步游下邳圯上”至“从良匿”为第二部分，描写张良隐居下邳时的奇遇以及日常生活。张良在下邳隐居，散步的时候遇到了一位老人，这位圯上老人即黄石公。张良通过了黄石公的考验，黄石公认为他“孺子可教”，于是送给了他一部书，这部书即《太公兵法》。张良后来能够为“帝王师”，辅佐刘邦打天下，即源于此。这个故事中张良的能“忍”为后人津津乐道。如大文豪苏轼有《留侯论》，即认为因为张良能忍，所以黄石公才会把兵法传授给他。

张良与大力士刺杀秦始皇在秦始皇二十九年(前218)。二世元年(前209)七月，陈胜吴广起义，二世二年(前208)正月，张良也举兵而起，距刺杀秦始皇正好十年。而张良在下邳遇到黄石公，黄石公说张良将于十年后兴起，则张良遇到黄石公的时间也约在秦始皇二十九年，即张良刺杀秦始皇的同一年。所以张良遇到黄石公应不是偶然的。也许黄石公也是一位隐居的君子，他也仇恨暴秦，预知秦朝终将灭亡，当张良逃亡至下邳时，他识破了张良的身份，他知道最终灭亡秦朝就是张良这样的人。但张良刺杀秦始皇一事，说明他血气方刚，不能忍，这只是在逞匹夫之勇，虽然侥幸逃脱了追杀，但也可以说是非常危险了。黄石公认为，要想灭亡秦朝，不能效法荆轲、聂政这样的刺客，而应当从长计议，用伊尹、太公那样的谋略。因此黄石公用让张良为他捡鞋子、穿鞋子的方法，来折服张良。他看到张良学会了忍，然后才断定张良能成就大事，于是传授给他《太公兵法》。张良也确实不负所望，努力研习这本书。

张良在下邳的十年，是“任侠”的十年，即常常凭借自己的力量扶助弱小，帮助他人。他做了一件对后来影响巨大的事情，那就是保护了项伯。项伯“尝杀人，从良匿”，所杀之人大概是无赖恶霸之类，可能也是正义之举，因此张良对项伯的保护也就是正义的了。正是因为这件事，所以在后来鸿门宴前夕项羽想要杀刘邦时，项伯才会来刘邦处给张良通风报信。

第五至七段，从“后十年”至“秦王子婴降沛公”为第三部分，张良与刘邦相遇，并辅佐刘邦灭秦。

二世二年(前 208)正月，张良本想去投靠楚假王景驹，结果半路上遇到了刘邦，最后投靠了刘邦。为什么投靠刘邦呢？因为张良为别人说太公兵法，别人都听不懂，也不愿意采用，但他为刘邦说太公兵法，刘邦一听就明白，并常常采用他的策略，获得了成功。张良得出的结论是“沛公殆天授”。一方面，刘邦相信张良，另一方面，张良相信天意，于是就促成了两人的结合。张良开始了他“帝王师”的生涯,而刘邦就是那个将来的帝王。但一开始张良为刘邦献了哪些计策,历史上并没有记载。

同年六月,此时起义军的总领袖陈胜已于六个月前被杀,自立的楚假王景驹也于三个月前被项梁所杀,于是项梁在范增的建议下立楚怀王流落在民间的孙子熊心为楚王,仍称楚怀王,为起义军新的精神领袖。张良趁此时机劝项梁立韩公子韩成为韩王。张良也被任命为韩国司徒。由此可见,张良一直心怀恢复韩国的志向,其不忘故国的拳拳之心令人感动。但韩成似乎是个扶不起的阿斗,在当时的情况下不能使新建立的韩国稳固存在。

但张良究竟为刘邦做了怎样的出谋划策?文中一直没有交代。在《资治通鉴》卷八提到,刘邦攻打南阳郡,南阳郡的郡守败守宛城,当刘邦想要越过宛城向西的时候,张良建议一定要攻下宛城再前进,否则将有腹背受敌的危险,刘邦听从张良的建议,在南阳郡守舍人陈恢的劝说下和平占领了宛城。这件事体现了张良的战略思想。而直到二世三年(前 207)九月,刘邦率军进入武关,到达峣关的时候,张良才终于展现了“太公兵法”的高超战术。张良知道秦将领皆“屠者子”,可以用重金收买,可谓“知己知彼”;同时大张旗鼓,壮大声势,让对方误认为我方兵力雄厚,可谓是“心理战术”;而当秦将领同意投降后,张良又出其不意,让刘邦在秦将领放松警惕时一举击溃秦军,可谓是“兵不厌诈”。通过这一战,让我们认识到,张良可以说是精通了

“太公兵法”的精髓。于是刘邦带兵进入咸阳，秦王子婴投降，秦朝灭亡了。

第八第九段为第四部分，写刘邦进入咸阳后，张良对刘邦的劝谏，以及化解刘邦和项羽之间矛盾的故事。

汉高祖刘邦元年十月，刘邦进入咸阳。因为当时使用的是周历，十月为岁首，即一年中的第一个月，所以如果换算成阳历，虽然汉高祖元年这一年大致相当于公元前206年，但刘邦进入咸阳的时间大致相当于公元前207年的11月。刘邦也喜欢享乐，想留在秦宫中居住。先是樊哙劝谏，他不听；接着张良又劝谏，刘邦听了。樊哙说，沛公您想拥有天下呢，还是只做个富翁呢？这些奢华的宫殿、声色犬马之物，正是导致秦朝灭亡的原因，您如果沉溺于此，不久要重蹈覆辙了吗？樊哙劝刘邦离开宫殿，还军霸上。张良劝说刘邦的理由和樊哙相似，并说樊哙是“忠言逆耳利于行”，刘邦于是还军霸上。从这件事情可以看出两点。一是张良辅佐刘邦，不仅仅是用所学的“太公兵法”帮助刘邦进行战术上的决策，还有关于如何做一个君主的劝谏。这就与第二段“良尝学礼淮阳”联系起来了。张良不仅学了兵法，也曾学习过儒家思想，他在辅佐刘邦的过程中也不断教导刘邦为君之道、治国之道。刘邦进入咸阳，与秦人约法三章，史籍中没有说是谁的建议，或许也是张良的教导？二是可以看出刘邦对张良的信任。他似乎没有那么相信樊哙，当樊哙提出了这样的建议，只有经过张良确认后，他才相信，而且是立刻执行。《留侯世家》里还提到一件事，在刘邦灭掉项羽之后，先是以洛阳为首都，刘敬劝刘邦定都长安，刘邦尚有疑惑，于是问张良，张良认为刘敬所言有理，应当听从，结果刘邦当天就定下西迁长安的计划。可见张良的意见在刘邦决策过程中的主心骨作用。

刘邦还军霸上后，听信鲰生之言，占据函谷关，不让诸侯进入关中。当项羽的主力军到了函谷关后，发现关门紧闭，项羽大怒，令黥布等击破函谷关，又驻扎在新丰鸿门，准备攻打刘邦。幸好张良在隐居下邳时曾救过项羽的叔叔项伯，项伯知道项羽要攻打刘邦，他为了救张良，就私下里来见张良，劝他逃跑。但张良怎么会抛弃刘邦呢？孟子曾经说过："五百年必有王者兴，其间必有名世者。"也许在张良心中，刘邦就是那个"王者"，而自己就是那个辅佐王者的"名世者"，没有了刘邦，他"帝王师"的本领如何发挥？没有了刘邦，取代"暴秦"的可能是另一个残暴的君主。他相信刘邦一定能胜出，所以他不会放弃刘邦。于是张良把项伯引荐给刘邦，接下来就是我们所熟知的"鸿门宴"的故事了，刘邦亲自赴宴向项羽道歉，再经过张良和樊哙的周旋，项伯的暗中保护，终于暂时化解了矛盾，获得了喘息。

第十至十三段，从"汉元年正月"至"时时从汉王"为第五部分，选取了刘邦被项羽封为汉王后，楚汉之争时的部分内容。

汉高祖元年(前206)二月,项羽分封天下。刘邦本被封于巴蜀之地,但他通过张良和项伯的关系,争取到了巴蜀和关中之间的汉中。因为秦朝已灭亡,项羽已经分封天下,所以张良此时再留在刘邦这里就不合适了。因为当初项梁封韩成为韩王的时候,也任命张良为韩国司徒,因此张良名义上仍是韩王的臣子,所以刘邦在从关中前往汉中的时候,就派张良归韩。张良则劝刘邦进入汉中后,把关中通往汉中的栈道焚烧掉,显示自己安心做汉王,不会再图谋关中,更不会图谋函谷关以东,以此来麻痹项羽。这为刘邦的休整争取了时间。

但项羽还是对刘邦怀有嫉妒和忌恨之心的。《资治通鉴》卷九说:“已而项羽至关,关门闭;闻沛公已定关中,大怒,使黥布等攻破函谷关。”刘邦闭关,令他忌恨;而刘邦率先入关,抢了他的风头,也令他嫉妒。所以他大怒。而张良在刘邦入关的过程中发挥了重大的作用,所以他也忌恨张良;而韩王成不能留住张良,却同意张良跟随刘邦入关,所以他也忌恨韩王成。因此项羽随军带着韩王成和张良,不让他们回韩国。张良主动跟项羽说,汉王烧毁了栈道,没有北上和东还之心了,项羽竟然信了。如果我们仔细体会张良所说,难道没有一种“此地无银三百两”的味道吗?不过张良同时把田荣造反的消息告诉项羽,项羽此时离田荣近,因此选择了先攻打田荣。而田荣的造反,也为刘邦赢得了时间。

杀掉韩王成是项羽犯下的大错,也说明了项羽的心胸狭窄。他杀了韩王成,使得张良彻底没了复兴韩国的念想,于是只好逃亡到刘邦那里。此时刘邦已经从汉中北上,平定了关中地区。关中作为秦朝的根本之地,被项羽封给了秦朝的三位败军之将,秦人的父兄子弟皆被项羽坑杀,唯独此三人没死,反而被封王,秦人恨他们,因此他们的统治是极为不稳固的。再加上封他们为王的项羽也在关中杀人放火,更使秦人愤恨。所以刘邦在萧何和韩信的建议下,短短的时间内就平定了关中地区。关中的百姓对这位曾与他们"约法三章"的汉王是心悦诚服和极为欢迎的。

汉高祖二年(前 205)四月,刘邦趁项羽攻打田横、田广的时候攻入项羽的根据地彭城。刘邦进入彭城后,有些得意忘形,每天置酒高会,结果被项羽还兵反击,刘邦大败,死了十几万人。幸好此时西北方刮起了大风,天昏地暗,飞沙走石,冲散了项羽的军队,这才使刘邦在数十个骑兵的保护下逃脱。家人皆走散了,后来找到了一双儿女,但吕后和刘邦的父亲刘太公都被项羽抓获做了人质。刘邦此时狼狈不堪,幸好吕后的哥哥吕泽在下邑,为刘邦带领了一支军队,刘邦前往吕泽处,又整顿好士卒。此时他问群臣,谁可以帮助我消灭项羽平定天下呢?我愿意把关东之地封给他们。张良分析当时的形式,认为黥布、彭越、韩信三人可用。刘邦听从张良的计策,拉拢黥布和彭越,为自己赢得了缓冲的时间；并派韩信一举攻克了今山西、河北和山东地区，并最终用这三员大将灭了项羽。由此可见张良的识人能力。

本部分也透露了张良体弱多病，不能独自带兵打仗，因此只能跟随刘邦“运筹帷幄之中”。

第十四至十八段，从“汉六年正月”至“国除”为第六部分，张良推辞了齐地三万户侯的封赏，被封为留侯，并表示自己不愿意再过问人间事，转而学习道家之术。这一部分也记载了留侯的身后事，以及追忆了与圯上老人相关的故事。

张良推辞齐地三万户侯的封赏一事，发生在汉高祖六年（前 201）正月，而张良自述“愿弃人间事，欲从赤松子游”及“乃学辟谷，道引轻身”一事，《史记·留侯世家》和《汉书·张良传》记载在了汉高祖十二年（前 195），《资治通鉴》卷十一则记载在了汉高祖五年（前 202）五月，刘邦迁都长安之后，六年正月封功臣为侯之前。（按，刘邦迁都长安一事，《史记》和《汉书》皆记载在六年正月封功臣为侯之后）大概是因为《史记》和《汉书》中在刘邦迁都长安、张良跟随入关之后记载有“留侯性多病，即导引不食谷，杜门不出岁余”一句，因此《资治通鉴》便把张良所说“愿弃人间事，欲从赤松子游”及“乃学辟谷，道引轻身”一事与此合并了。但既然张良说“今以三寸舌为帝者师，封万户，位列侯”，则此事当如《史记》和《汉书》在张良被封侯之后。

如果我们仔细体会《史记》《汉书》和《资治通鉴》的记载，真实的情况也许是张良多次表达了自己的这个想法。在刘邦灭项羽统一天下之后不久，张良就如此表明过自己的心迹；在刘邦大封功臣时，张良就以实际行动拒绝齐地三万户侯的封赏，再次表明自己的志向。但在刘邦称帝后，局势并不稳定，张良又被迫卷入政治斗争之中，等到韩信、彭越、黥布、陈豨等功臣因谋反被杀，太子的地位稳固，大局已定之后，张良又向刘邦和吕后表明了自己的想法。可以说，张良不留恋富贵名利，他的选择是一贯的。

张良之所以想退出政治舞台，大致有以下几个原因。一是如他自己所说，他本来的目的就是想为韩国报仇，现在借助刘邦的力量，大仇已报，心愿已了。二是他本人体弱多病，没有精力去享受声色犬马之乐，需要通过辟谷导引之术来强身健体。三是张良的思想中或许有对神仙导引之术的相信，如圯上老人后来变为一块黄石，就不能不令人疑惑，所以张良或许有通过“从赤松子游”即学习神仙之术来求长生的想法。四是张良深知政治的险恶，他或许是借辟谷导引为名功成身退，以保全自身，这无疑体现了《老子》的“功成名遂身退，天之道”的思想。第五，我们前面提到，张良也学过儒家的学问，司马光在《资治通鉴》卷十一中认为张良是一个“明辨达理”的人，他不会不知道神仙之说是虚妄荒诞的道理，张良的做法实为儒家式的“明哲保身”。司马光说：

夫生之有死，譬犹夜旦之必然；自古及今，固未尝有超然而独存者也。以子房之明辨达理，足以知神仙之为虚诡矣；然其欲从赤松子游者，其智可知也。夫功名之际，人臣之所难处。如高帝所称者，三杰而已。淮阴诛夷，萧何系狱，非以履盛满而不止耶！故子房托于神仙，遗弃人间，等功名于外物，置荣利而不顾，所谓明哲保身者，子房有焉。

无论如何，张良功成身退、明哲保身的做法令后世无数人敬仰。

本文因为篇幅所限，有些内容没有选进来。这些内容包括：汉高祖三年(前 204)，张良劝阻刘邦复封六国之后为王；四年，劝刘邦立韩信为齐王；四年秋(《资治通鉴》卷十一记载在五年冬十月)，劝刘邦用封彭越为王、扩大齐王韩信的封地的方法，使二人发兵前来，最终灭掉项羽；六年正月，劝刘邦先封他最讨厌的雍齿为侯以安定人心；赞同刘敬的说法，使刘邦下定决心定都长安；帮助吕后稳固太子的地位。因为张良的计策，使刘邦放弃了废立太子的想法，保住了吕后之子刘盈的太子地位，所以吕后感激张良的恩德。

“太史公曰”为本文的第七部分。从司马迁的评论来看，司马迁似乎不相信鬼神，却相信精怪之类。另外，司马迁相信天意，张良和刘邦相遇是天意，刘邦在张良的帮助下多次脱离险境也是天意。司马迁和班固、司马光等人对历史人物的评价有所不同，班固、司马光在评价人物时，给人一种非常正经的感觉，主要是说理，而司马迁在评价历史人物时常常倾注了自己的情感。如他说自己以为张良会是相貌堂堂的男子汉，没想到张良长得如容貌美丽的女子。这些与“治国平天下”的大道理无关的论述也为史学著作增添了很多趣味。张良的容貌，或许正如相书上说的男人女相、北人南相吧，这正是古人所认为的大贵之相。

（刘　永）

伍子胥复仇

原文

伍子胥者，楚人也，名员。员父曰伍奢。员兄曰伍尚。其先曰伍举，以直谏事楚庄王[1]，有显，故其后世有名于楚。

楚平王有太子名曰建，使伍奢为太傅，费无忌[2]为少傅。无忌不忠于太子建。平王使无忌为太子取妇于秦，秦女好，无忌驰归报平王曰："秦女绝美，王可自取，而更为太子取妇。"平王遂自取秦女而绝爱幸之，生子轸[3]。更为太子取妇。

无忌既以秦女自媚于平王，因去太子而事平王。恐一旦平王卒而太子立，杀己，乃因谗太子建。建母，蔡女也，无宠于平王。平王稍益疏建，使建守城父[4]，备边兵。

顷之，无忌又日夜言太子短于王曰："太子以秦女之故，不能无怨望，愿王少自备也。自太子居城父，将兵，外交诸侯，且欲入为乱矣。"平王乃召其太傅伍奢考问之。伍奢知无忌谗太子于平王，因曰："王独奈何以谗贼小臣疏骨肉之亲乎？"无忌曰："王今不制，其事成矣。王且见禽[5]。"于是平王怒，囚伍奢，而使城父司马奋扬[6]往杀太子。行未至，奋扬使人先告太子："太子急去，不然将诛。"太子建亡奔宋。

无忌言于平王曰："伍奢有二子，皆贤，不诛且为楚忧。可以其父质而召之，不然且为楚患。"王使使谓伍奢曰："能致汝二子则生，不能则死。"伍奢曰："尚为人仁，呼必来。员为人刚戾忍訽[7]，能成大事，彼见来之并禽，其势必不来。"王不听，使人召二子曰："来，吾生汝父；不来，今杀奢也。"伍尚欲往，员曰："楚之召我兄弟，非欲以生我父也，恐有脱者后生患，故以父为质，诈召二子。二子到，则父子俱死。何益父之死？往而令雠[8]不得报耳。不如奔他国，借力以雪父之耻，俱灭，无为也。"伍尚曰："我知往终不能全父命。然恨父召我以求生而不往，后不能雪耻，终为天下笑耳。"谓员："可去矣！汝能报杀父之雠，我将归死。"尚既就执，使者捕伍胥。伍胥贯弓执矢乡使者[9]，使者不敢进，伍胥遂亡。闻太子建之在宋，往从之。奢闻子胥之亡也，曰："楚国君臣且苦兵矣。"伍尚至楚，楚并杀奢与尚也。

伍胥既至宋，宋有华氏之乱[10]，乃与太子建俱奔于郑。郑人甚善之。太子建又适晋，晋顷公[11]曰："太子既善郑，郑信太子。太子能为我内应，而我攻其外，灭郑必矣。灭郑而封太子。"太子乃还郑。事未会，会自私欲杀其从者，从者知其谋，乃告之于郑。郑定公与子产诛杀太子建[12]。建有子名胜。伍胥惧，乃与胜俱奔吴。到昭关[13]，昭关欲执之。伍胥遂与胜独身步走，几不得脱。追者在后。至江，江上有一渔父乘船，知伍胥之急，乃渡伍胥。伍胥既渡，解其剑曰："此剑直[14]百金，以与父。"父曰："楚国之法，得伍胥者赐粟五万石，爵执珪，岂徒百金剑邪[15]！"不受。伍胥未至吴而疾，止中道[16]，乞食[17]。至于吴，吴王僚方用事[18]，公子光[19]为将。伍胥乃因公子光以求见吴王。

久之，楚平王以其边邑钟离与吴边邑卑梁氏俱蚕[20]，两女子争桑相攻，乃大怒，至于两国举兵相伐。吴使公子光伐楚，拔其钟离、居巢[21]而归。伍子胥说吴王僚曰："楚可破也，愿复遣公子光。"公子光谓吴王曰："彼伍胥父兄为戮于楚，而劝王伐楚者，欲以自报其雠耳。伐楚未可破也。"伍胥知公子光有内志，欲杀王而自立，未可说以外事，乃进专诸于公子光，退而与太子建之子胜耕于野。

五年而楚平王卒。初，平王所夺太子建秦女生子轸，及平王卒，轸竟立为后，是为昭王。吴王僚因楚丧，使二公子[22]将兵往袭楚。楚发兵绝吴兵之后，不得归。吴国内空，而公子光乃令专诸袭刺吴王僚而自立，是为吴王阖庐。阖庐既立，得志，乃召伍员以为行人[23]，而与谋国事。

楚诛其大臣郤宛、伯州犁，伯州犁之孙伯嚭亡奔吴[24]，吴亦以嚭为大夫。前王僚所遣二公子将兵伐楚者，道绝不得归。后闻阖庐弑王僚自立，遂以其兵降楚，楚封之于舒[25]。阖庐立三年，乃兴师与伍胥、伯嚭伐楚，拔舒，遂禽故吴反二将军。因欲至郢[26]，将军孙武曰："民劳，未可，且待之。"乃归。

四年，吴伐楚，取六与灊[27]。五年，伐越，败之。六年，楚昭王使公子囊瓦[28]将兵伐吴。吴使伍员迎击，大破楚军于豫章[29]，取楚之居巢。

九年，吴王阖庐谓子胥、孙武曰："始子言郢未可入，今果何如？"二子对曰："楚将囊瓦贪，而唐、蔡[30]皆怨之。王必欲大伐之，必先得唐、蔡乃可。"阖庐听之，悉兴师与唐、蔡伐楚，与楚夹汉水而陈。吴王之弟夫概将兵请从，王不听，遂以其属五千人击楚将子常[31]。子常败走，奔郑。于是吴乘胜而前，五战，遂至郢。己卯，楚昭王出奔。庚辰，吴王入郢。

昭王出亡，入云梦[32]；盗击王，王走郧[33]。郧公弟怀曰："平王杀我父，我杀其子，不亦可乎！"郧公恐其弟杀王，与王奔随[34]。吴兵围随，谓随人曰："周之子孙在汉川者，楚尽灭之。"随人欲杀王，王子綦[35]匿王，己自为王以当之。随人卜与王于吴，不吉，乃谢吴不与王。

始伍员与申包胥为交，员之亡也，谓包胥曰："我必覆楚。"包胥曰："我必存之。"及吴兵入郢，伍子胥求昭王。既不得，乃掘楚平王墓，出其尸，鞭之三百，然后已。申包胥亡于山中，使人谓子胥曰："子之报雠，其以甚乎！吾闻之，人众者胜天，天定亦能破人。今子故平王之臣，亲北面而事之，今至于僇[36]死人，此岂其无天道之极乎！”伍子胥曰：“为我谢申包胥曰，吾日暮途远，吾故倒行而逆施之㊲。”于是申包胥走秦告急，求救于秦。秦不许。包胥立于秦廷，昼夜哭，七日七夜不绝其声。秦哀公㊳怜之，曰：“楚虽无道，有臣若是，可无存乎！”乃遣车五百乘救楚击吴。六月，败吴兵于稷㊴。会吴王久留楚求昭王，而阖庐弟夫概乃亡归，自立为王。阖庐闻之，乃释楚而归，击其弟夫概。夫概败走，遂奔楚。楚昭王见吴有内乱，乃复入郢。封夫概于堂谿㊵，为堂谿氏。楚复与吴战，败吴，吴王乃归。

后二岁，阖庐使太子夫差将兵伐楚，取番㊶。楚惧吴复大来，乃去郢，徙于鄀㊷。当是时，吴以伍子胥、孙武之谋，西破强楚，北威齐晋，南服越人。

太史公曰：怨毒之于人甚矣哉！王者尚不能行之于臣下，况同列乎！向令伍子胥从奢俱死，何异蝼蚁。弃小义，雪大耻，名垂于后世，悲夫！方子胥窘于江上，道乞食，志岂尝须臾忘郢邪？故隐忍就功名，非烈丈夫孰能致此哉？

注

① 楚庄王：芈姓，名旅（一作侣、吕）。春秋五霸之一，楚穆王之子，公元前613年至公元前591年在位。

② 费无忌：“忌”一作“极”。楚平王时任太子少师，诬陷太子建与伍奢谋叛，导致伍奢、伍尚父子被杀，太子建出逃。

③ 轸：楚平王幼子，即后来的楚昭王，公元前516年至公元前489年在位。

④ 城父：在今河南襄城西，本属陈国，后被楚国占有。

⑤ 禽：通“擒”。

⑥ 司马奋扬：司马，官职名，掌管军事。奋扬，城父司马的名字。

⑦ 訽：一作“诟”，诟骂。

⑧ 雠：同“仇”。

⑨ 贯弓：拉满弓。乡：通“向”。

⑩ 华氏之乱：据《左传》，鲁昭公二十年（前522），宋元公厌恶华氏、向氏二族，华亥、向宁、华定因恐惧而谋反。

⑪ 晋顷公：名弃疾，一作去疾，晋昭公之子，公元前525年至公元前512年在位。

⑫ 郑定公：名宁，郑简公之子，公元前529年至公元前514年在位。子产：公孙侨，字子产，谥号成子，郑穆公之孙、公子发之子。公元前554年为卿，前543至前522年执政，先后辅佐郑简公、郑定公。

⑬ 昭关：古关名，故址在今安徽含山北小岘山。

⑭ 直：通“值”。

⑮ 邪：通“耶”，表疑问。

⑯ 中道：半路上。

⑰ 乞食：《史记集解》引张勃曰：“子胥乞食处在丹阳溧阳县。”溧阳县，即今溧阳市，属江苏省常州市。

⑱ 吴王僚方用事：吴王僚，吴王夷昧之子，公元前526年至公元前515年在位。方，正在。用事，当权执政。

⑲ 公子光：即吴王阖闾，吴王诸樊之子，吴王夫差之父，公元前514年至公元前496年在位。杀吴王僚而自立为王。

⑳ 钟离：本为国名，后被楚灭，为县。治所在今安徽凤阳东北。卑梁氏：卑梁，地名，治所在今江苏盱眙东阳村，一说在今安徽天长市西北。后以邑为氏。

㉑ 居巢：本为国名，后被楚灭，为县。以居巢为名的地方颇多，此处的居巢治所大概在今安徽六安市东北，或作今巢湖市东北。

㉒ 二公子：公子烛庸和公子盖余（一作“掩余”），均为吴王僚之弟。

㉓ 行人：官职名，掌管朝觐聘问。

㉔ “楚诛其大臣”二句：《史记集解》引徐广的说法，伯州犁为晋国人伯宗之子，郤宛为伯州犁之子，伯嚭为郤宛之子。

㉕ 舒：治所在今安徽舒城。

㉖ 郢：楚国首都。在今湖北荆州市荆州区西北。

㉗ 六(lù)与灊(qián)：六，古国名，国君为皋陶的后裔，后为楚县，故地在今安徽六安。灊，在今安徽霍山东北。

㉘ 公子囊瓦：《左传》有楚公子贞，为楚庄王之子，字子囊；子囊之孙名瓦，以其祖父之字为姓氏，故名囊瓦。春秋时，“公子”指国君之子，“公孙”指国君之孙。因此“公子囊瓦”这个称呼是错误的。

㉙ 豫章：《史记索隐》引杜预说，古豫章本是长江以北的地名，后来迁徙到长江以南。

㉚ 唐、蔡：唐，古国名，在今湖北随州市、枣阳市一带，此时国君为唐成公。蔡，古国名，常受楚国侵扰，多次迁移。此时国君为蔡昭侯，国都在新蔡，今属河南。

㉛ 子常：囊瓦的字。

㉜ 云梦：古有“云梦”，为楚王狩猎区，地域相当广阔，东部在今武汉以东的大别山麓和幕阜山麓以至长江江岸一带，西部在今宜昌、宜都一线以东，包括江南的松滋、公安一带，北面在随州市、钟祥、京山一带，南面以长江为缘，其中有湖泊名“云梦泽”。此处的“云梦”应该是比较小的地方，大概在今湖北省孝感市云梦县一带。

㉝ 郧(yún)：古国名，在今湖北安陆，一说在湖北十堰市郧阳区。

㉞ 随：古国名，在今湖北随州。

㉟ 王子綦：也称“王子期”，楚平王之子，楚昭王的兄弟。

㊱ 僇：通“戮”，杀戮。

㊲ “吾日暮”二句：伍子胥的意思是说，自己志在报仇，常常担心自己年龄大了，一旦死去，就无法报仇了，因此，现在既然有了机会报仇，哪还讲什么天道。

㊳ 秦哀公：秦景公之子，楚昭王的外祖父，公元前536年至公元前501年在位。楚平王所夺取的本来要嫁给太子建的秦女，即秦哀公之女。

㊴ 稷：《史记索隐》说，《左传》作“稷丘”，杜预说稷丘为地名，在郊外。具体位置不详。

㊵ 堂谿：在今河南西平西。

㊶ 番(pó)：指番邑，汉时更名鄱阳，今属江西。

㊷ 鄀(ruò)：古国名，后为楚地。在今湖北宜城市东南。

鉴赏

本文选自《史记·伍子胥列传》,题目为笔者所加。本文主要描写了伍子胥的父亲和哥哥被楚平王杀害,伍子胥逃亡至吴国,借助吴国的兵力攻入楚国首都郢,将楚平王掘墓鞭尸、为父兄报仇的故事。

文章的第一至五段为第一部分,从"伍子胥者"至"楚并杀奢与尚也",叙述了伍子胥复仇的缘起。伍子胥之所以逃离楚国,最后借助吴国的力量进攻楚国,其根本原因在于楚平王的昏庸残暴。楚平王贪好美色,夺取太子建之未婚妻,又听信奸臣费无忌的谗言,想要杀掉太子建及太子建的太傅伍奢,并杀掉伍奢的两个儿子以斩草除根。伍奢及其长子伍尚皆被杀,太子建和伍奢次子伍子胥得以逃脱。孔子说:"吾未见好德如好色者也。"(《论语·子罕》)孔子的弟子子夏说应当"贤贤易色"(《论语·学而》)。古代的君主因为贪好女色而导致几乎家破国亡的屡有其人。在楚平王之前,卫宣公贪好美色,为太子伋娶齐国公主为妻,卫宣公发现她很漂亮,公主嫁过来后,"未入室"而被卫宣公夺去,公主成为卫宣公夫人,这就是宣姜。宣姜为卫宣公生了公子寿和公子朔,后来为了让自己的儿子成为太子,陷害太子伋,结果公子寿为了救他的哥哥太子伋,在同一天和太子伋被卫宣公派的刺客杀害。卫国的政局也因此动荡好多年。在楚平王之后,又有著名的唐玄宗,夺自己的儿子寿王李瑁之妻杨玉环,封为贵妃,信用奸臣李林甫、杨国忠、安禄山等,最终引发了安史之乱,使唐朝急剧衰落,最后陷入藩镇割据的局面。

这一部分写出了两组人物的形象对比。

一是太子建的少傅费无忌和太傅伍奢的对比。费无忌是奸臣,其本来应该担负起教导太子建的责任的,结果却为了讨好楚平王,帮助楚平王夺取了太子建美丽的未婚妻;又担心以后太子建继位报复他,于是陷害太子建,致使楚平王作为父亲,却对自己的亲儿子动了杀心。伍奢是正直的忠臣,当楚平王想从他那里得到不利于太子建的帮助时,他坚决维护无辜的太子,并直言批评楚平王道:“王独奈何以谗贼小臣疏骨肉之亲乎?”这一句话不仅直接指出费无忌是谗贼小人,也暗中了批评楚平王的昏庸。楚平王确实是一个昏庸的国君,伍奢的这句话不仅得罪了费无忌,也并没有唤醒楚平王,反而在费无忌的诬陷下激怒了楚平王,致使楚平王对伍奢父子三人都起了杀心。司马迁在写作中注意了文章前后的呼应,伍奢能直言劝谏楚平王,也是有渊源的,文章一开头就提到伍奢的父亲伍举能“以直谏事楚庄王”,而楚庄王则是楚平王的祖父。

二是伍奢的两个儿子伍尚和伍子胥的对比。这一对比先是通过伍奢所说的话体现出来:“尚为人仁,呼必来。员为人刚戾忍訽,能成大事,彼见来之并禽,其势必不来。”伍尚为人仁爱,楚平王以伍尚父亲的名义召唤他,他孝敬、爱戴自己的父亲，一定会来救自己的父亲，哪怕他知道这里有诈；伍子胥为人刚烈、能隐忍，看破了楚平王之诈，不会无谓地赴死。接着又通过伍尚和伍子胥二人各自说的话表明了自己的心声。而二人的说法恰与其父所说相合，可谓是知子莫若父了。

这一部分其实也可以帮助我们理解忠和孝的观念。什么是真正的忠？孔子的弟子子路问如何为君主做事，孔子说："勿欺也，而犯之。"(《论语·宪问》)孟子说"异姓之卿"："君有过则谏，反覆之而不听，则去。"(《孟子·万章下》)君主有过错，做臣子的要劝阻，这才是真正的忠。伍奢能直言劝谏，是真正的忠臣。孟子说："畜君者，好君也。"畜通"蓄"，有蓄止、阻止的意思。真正爱自己的君主、对自己的君主好，那就是要阻止他的不正当欲望。像费无忌这样，只不过是为了通过讨好君主来实现自己的利益。荀子说："从道不从君，从义不从父，人之大行也。"(《荀子·子道》)对君主，"从道不从君"才是真正的忠；对父亲，"从义不从父"才是真正的孝。伍尚爱自己的父亲，虽然知道命令是假的，仍前往送死；伍子胥也爱自己的父亲，他知道命令是假的，能隐忍而甘冒"不孝"的骂名，选择逃亡，再伺机为父亲报仇。伍尚的行为，固然是孝；伍子胥所做的，则是更高意义上的孝。

孔子的弟子子贡曾经赞美孔子："仁且智，夫子既圣矣。"(《孟子·公孙丑上》)孔子既有仁心又有智慧，可以说是圣人了。伍尚可以说是有仁心了，但没有智慧；伍子胥可以说是有智慧了，但从他后来率领吴军攻入楚国的首都郢，并对已经去世的楚平王掘墓鞭尸来看，可以说是缺少仁心了。既有仁心又有智慧，看似简单，其实不容易做到。

文章的第六段至第八段，从“伍胥既至宋”至“而与谋国事”，可视作第二部分。这一部分写伍子胥追随太子建逃至宋国，辗转郑国、晋国，最终和太子建的儿子胜来到了吴国，帮助吴公子光刺杀吴王僚而谋取王位的故事。

这一部分写出了伍子胥为报仇而不择手段。

首先是太子建想要听从晋国的建议，为晋国灭亡郑国做内应。这一做法完全是背信弃义的。伍子胥和太子建逃亡到了宋国，宋国有内乱，他们又逃亡到了郑国，郑国人善待了他们。晋国却想利用郑国对太子建的信任，让太子建做内应，并答应灭了郑国后，把原来郑国的土地封给太子建。太子建竟然答应了。这么大的事情，太子建回到郑国后应该和伍子胥商量过。文中没有提到伍子胥的态度，大概他是赞成的。或许他也想借助晋国的力量来对付楚国，为父兄报仇，毕竟晋国是当时的霸主，能与楚国相抗衡。

阴谋败露后，太子建被杀，伍子胥和太子建之子胜逃到了吴国。吴国曾与楚国战争，互有胜负，所以如果能借助吴国的力量复仇，也是一条可行之路。一开始他选择了吴王僚，想说服吴王僚来伐楚；但吴王僚听从公子光所说的话，没有采纳他的建议。当他知道公子光觊觎王位之后，为公子光物色了一位刺客，名叫专诸，在吴国军队伐楚、首都空虚的时候趁机刺杀了吴王僚。公子光篡夺了王位，这就是著名的吴王阖闾。伍子胥在吴王阖闾夺取王位的过程中立了大功，而且吴王阖闾其实也有讨伐楚国、争夺霸权的意图，于是二人一拍即合，为伐楚做准备。至此，伍子胥复仇计划关键的第一步成功了。在这个过程中，显然，伍子胥也是不择手段的，他参与了谋杀和篡位。

这一部分还有两件事值得我们品味。一是江上渔父帮助伍子胥和胜逃脱后，拒绝了伍子胥送给他的价值百金的宝剑。渔父知道过江之人是伍子胥，不仅没有受到楚国悬赏五万石抓捕伍子胥的诱惑，反而帮助他逃脱，这说明渔父是站在道义上做事的。在楚平王与伍奢父子这件事情上，伍奢父子是无辜的。二是楚国边邑钟离与吴国边邑卑梁氏的两位女子因争夺桑叶而打起来的事情。对待这件事情的结果是，楚平王大怒，进一步加剧了楚吴两国之间的战争。这让我们想到周文王时代，虞国和芮国争田的事情。据《史记・周本纪》记载，虞国和芮国是邻国，两国交界处有一块田地，二国争执不下，于是两国君主想请周文王主持公道。二人刚进入周国，发现周国人民"耕者皆让畔，民俗皆让长"，于是二人感到很惭愧，没有见周文王，就回去了。回去后，他们把原来相争的土地变成了两国的公用土地。从虞芮争田到楚吴争桑，可以看到从周文王时代到春秋后期世风的变化。

文章的第九至十一段，从“楚诛其大臣”至“吴王入郢”，可看作第三部分。这一部分写吴王阖闾继位后，多次兴兵伐楚，终于在第九年(前506)，攻入楚国首都郢。楚平王已在公元前516年去世，此时正直楚平王之子楚昭王十年。吴军入郢后，楚昭王逃亡。对于伍子胥来说，应验了那句话“君子报仇，十年不晚”。在这些战役之中，吴国之所以能够胜利，一是因为吴王任用了孙武这样有智谋的军事家，还有伍子胥和伯嚭这样的与楚国有仇的人，当然，伍子胥也是富有智谋的。而对方却任用了囊瓦这样的贪婪的人作为将军。二是因为吴国联合了唐、蔡等国，唐、蔡等国恰恰是被囊瓦压榨的国家，他们也怨恨囊瓦，所以也特别有战斗力。三是因为吴国能照顾民心，在吴王阖闾三年，看到民众劳苦，便及时收手，稳定国内局势。四是吴国能乘胜前进，经过连续五次战争终于攻入郢都。

文章的第十二至十三段，从“昭王出亡”至“吴王乃归”，可看作第四部分。写伍子胥将十年前去世的楚平王掘墓鞭尸，终于为父兄报仇；但楚昭王在忠臣的保护下安全逃出并最终返回郢都。

这一部分中，伍子胥掘楚平王墓，鞭打其尸体三百鞭这件事，和他说的“吾日暮途远，吾故倒行而逆施之”这句话，呼应了文章开始伍奢关于他“为人刚戾忍訽”的评价。

这一部分也写出了两组人物的对比。

一是郧公与其弟怀的对比。楚平王杀了郧公的父亲，怀认为此时机会来了，想要杀掉楚平王的儿子，即逃亡至郧的楚昭王。怀想要为自己的父亲报仇。但是郧公却救了楚昭王，带领楚昭王逃到了随。当然，在报仇之心方面，怀和伍子胥是一致的。

二是申包胥和伍子胥的对比。二人本是好朋友，伍子胥逃亡时说，自己一定要灭亡楚国，为父报仇；申包胥或许认为楚王有罪，但楚国无过，说自己一定会保全楚国。现在二人所说的终于都应验了。伍子胥带领吴国的军队，攻入了郢都，差一点就要灭亡楚国了。申包胥为了救国，在秦国的朝廷上哭了七天七夜，终于感动了秦哀公，促使秦哀公派兵救楚。

郧公护送着楚昭王逃到了随。随国在历史上多次受到楚国的入侵，因此也与楚有仇。随人没有受吴的蛊惑交出楚昭王，但把楚昭王给吴国人好还是不给好？随人也不知道如何选择。最后，随人通过占卜的方式来做出决定。这件事很好地体现了古人说的“卜以决疑”。当遇到事情无法决定时，古人会通过占卜的方式，把这件事交给上天，听从天意的安排。随人占卜的结果恰好是“卜与王于吴，不吉”，因此就拒绝把楚昭王交给吴国。当然这样的天意安排或许也符合随人的倾向。如果随人把楚昭王交给吴国，虽然报了以前楚侵随的仇，但自己以后也有可能被吴国占领。而随人如果现在保护了楚昭王，说不定还会令楚王感激。

后来吴国发生内乱，吴王阖闾的弟弟夫概想要篡位，使得吴国不得不从楚国撤回。

文章的第十四段即“后二岁”这一段虽然简短，但可以看作是第五部分。公元前 504 年，在吴国的再次攻打下，楚国被迫将都城迁徙到了鄀。至此，司马迁总结说，吴国之所以能“西破强楚，北威齐晋，南服越人”，是因为用“伍子胥、孙武之谋”。总之，伍子胥为父兄报仇，既成就了自己的心愿，也帮助吴国多次打败了楚国，为后来吴王夫差成为春秋时期的霸主打下了坚实的基础。

文章的最后一段“太史公曰”，可视作第六部分，选取了《伍子胥列传》中司马迁评价伍子胥的部分。司马迁首先指出怨恨带来的后果是灾难性的，楚平王杀害伍子胥的父亲和哥哥，引起了伍子胥极大的怨恨，差点给楚国带来了灭顶之灾，这或许是告诉读者，不要结怨于人。我们应与人多结善缘，避免恶缘。接着，司马迁表达了对伍子胥的所作所为的认可和赞赏。一是伍子胥能“弃小义，雪大耻，名垂于后世”，避免了像蝼蚁一样无意义地死去；二是伍子胥在几乎遇到绝境时能“隐忍”，哪怕“窘于江上，道乞食”的时候也须臾不忘杀父之仇。司马迁赞叹伍子胥是“烈丈夫”。这符合伍奢对伍子胥的评价“刚戾忍訽，能成大事”，但不同于申包胥对伍子胥的评价。申包胥认为伍子胥将楚平王掘墓鞭尸，甚至要攻灭楚国的报仇行为“其以甚乎”，太过分了,认为其"无天道之极",极大地违背了天理。班固在《汉书·司马迁传》中说司马迁"是非颇谬于圣人",在这里有所体现。司马迁对伍子胥的评价是可以理解的,也许与司马迁对残暴的汉武帝的仇恨有关。司马迁忤逆了汉武帝,但为了完成《史记》这部伟大的著作,他忍受奇耻大辱,把一腔愤怒通过伍子胥发泄出来就可以理解了。司马迁说:"怨毒之于人甚矣哉!"确实,司马迁心中的"怨毒"实在难以泯灭,但我们又怎么能责怪司马迁呢?

(刘　永)

屈 原

原文

屈原者，名平，楚之同姓[①]也。为楚怀王左徒[②]。博闻强志[③]，明于治乱，娴于辞令。入则与王图议国事，以出号令；出则接遇宾客，应对诸侯。王甚任之。

上官大夫[④]与之同列，争宠而心害其能。怀王使屈原造为宪令，屈平属[⑤]草稿未定。上官大夫见而欲夺之，屈平不与，因谗之曰："王使屈平为令，众莫不知，每一令出，平伐[⑥]其功，以为'非我莫能为'也。"王怒而疏屈平。

屈平疾王听之不聪也，谗谄之蔽明也，邪曲之害公也，方正之不容也，故忧愁幽思而作《离骚》[⑦]。离骚者，犹离忧也。夫天者，人之始也；父母者，人之本也。人穷则反[⑧]本，故劳苦倦极，未尝不呼天也；疾痛惨怛[⑨]，未尝不呼父母也。屈平正道直行，竭忠尽智以事其君，谗人间之，可谓穷矣。信而见疑，忠而被谤，能无怨乎？屈平之作《离骚》，盖自怨生也。《国风》好色而不淫，《小雅》怨诽而不乱。若《离骚》者，可谓兼之矣。上称帝喾，下道齐桓，中述汤武[⑩]，以刺世事。明道德之广崇，治乱之条贯，靡不毕见。其文约，其辞微，其志洁[⑪]，其行廉，其称文小而其指极大，举类迩而见义远。其志洁，故其称物芳。其行廉，故死而不容。自疏濯淖污泥之中，蝉蜕于浊秽,以浮游尘埃之外,不获世之滋垢,皭然泥而不滓[12]者也。推此志也,虽与日月争光可也。

屈平既绌,其后秦欲伐齐,齐与楚从亲[13],惠王[14]患之,乃令张仪[15]详去秦,厚币委质事楚,曰:"秦甚憎齐,齐与楚从亲,楚诚能绝齐,秦愿献商、於之地[16]六百里。"楚怀王贪而信张仪,遂绝齐,使使如秦受地。张仪诈之曰:"仪与王约六里,不闻六百里。"楚使怒去,归告怀王。怀王怒,大兴师伐秦。秦发兵击之,大破楚师于丹、淅[17],斩首八万,虏楚将屈匄,遂取楚之汉中[18]地。怀王乃悉发国中兵以深入击秦,战于蓝田[19]。魏闻之,袭楚至邓[20]。楚兵惧,自秦归。而齐竟怒不救楚,楚大困。

明年,秦割汉中地与楚以和。楚王曰:"不愿得地,愿得张仪而甘心焉。"张仪闻,乃曰:"以一仪而当汉中地,臣请往如楚。"如楚,又因厚币用事者臣靳尚,而设诡辩于怀王之宠姬郑袖。怀王竟听郑袖,复释去张仪。是时屈平既疏,不复在位,使于齐,顾反,谏怀王曰:"何不杀张仪?"怀王悔,追张仪不及。

其后诸侯共击楚,大破之,杀其将唐眛。

时秦昭王[21]与楚婚,欲与怀王会。怀王欲行,屈平曰:"秦虎狼之国,不可信,不如毋行。"怀王稚子子兰劝王行:"奈何绝秦欢!"怀王卒行。入武关[22],秦伏兵绝其后,因留怀王,以求割地。怀王怒,不听。亡走赵,赵不内[23]。复之秦,竟死于秦而归葬。

长子顷襄王[24]立，以其弟子兰为令尹。楚人既咎子兰以劝怀王入秦而不反也。

屈平既嫉之，虽放流，眷顾楚国，系心怀王，不忘欲反，冀幸君之一悟，俗之一改也。其存君兴国而欲反覆[25]之，一篇之中三致志焉。然终无可奈何，故不可以反，卒以此见怀王之终不悟也。人君无愚智贤不肖，莫不欲求忠以自为，举贤以自佐，然亡国破家相随属，而圣君治国累世而不见者，其所谓忠者不忠，而所谓贤者不贤也。怀王以不知忠臣之分，故内惑于郑袖，外欺于张仪，疏屈平而信上官大夫、令尹子兰。兵挫地削，亡其六郡，身客死于秦，为天下笑。此不知人之祸也。《易》曰："井泄不食，为我心恻，可以汲。王明，并受其福。"[26]王之不明，岂足福哉！

令尹子兰闻之大怒，卒使上官大夫短屈原于顷襄王，顷襄王怒而迁之。

屈原至于江滨，被[27]发行吟泽畔。颜色憔悴，形容枯槁。渔父见而问之曰："子非三闾大夫[28]欤？何故而至此？"屈原曰："举世混浊而我独清，众人皆醉而我独醒，是以见放。"渔父曰："夫圣人者，不凝滞于物而能与世推移。举世混浊，何不随其流而扬其波？众人皆醉，何不餔其糟而歠其醨[29]？何故怀瑾握瑜而自令见放为？"屈原曰："吾闻之，新沐者必弹冠，新浴者必振衣，人又谁能以身之察察[30]，受物之汶汶[31]者乎！宁赴常流[32]而葬乎江鱼腹中耳，又安能以皓皓之白而蒙世俗之温蠖[33]乎！”

乃作《怀沙》[34]之赋。于是怀石遂自投汨罗[35]以死。

屈原既死之后，楚有宋玉、唐勒、景差之徒者，皆好辞而以赋见称；然皆祖屈原之从容辞令，终莫敢直谏。其后楚日以削，数十年竟为秦所灭。

注

① 楚之同姓：楚国有屈、景、昭三个姓氏，皆是楚王的后代。屈氏，一般认为始自楚武王熊通之子屈瑕。

② 楚怀王：熊槐，楚威王之子，楚顷襄王之父，公元前 329 年至公元前 299 年在位。左徒：楚国官职名，从“入则与王图议国事，以出号令；出则接遇宾客，应对诸侯”来看，大概职位较高。

③ 志：通“识”，记。

④ 上官大夫：王逸认为此人即上官靳尚，即后文的靳尚。

⑤ 属(zhǔ)：撰写。

⑥ 伐：夸耀。

⑦ 离：通“罹”，遭遇。骚：忧愁。一说离意为离别。

⑧ 反：通“返”，回到。或读“反”本字，意为“复”，回复到。

⑨ 怛(dá)：痛。

⑩ 帝喾(kù)：传说中的五帝之一，黄帝的后裔。按照《史记·五帝本纪》的说法，五帝依次为黄帝、颛顼、帝喾、尧、舜。齐桓：齐桓公。汤武：商汤和周武王。

⑪ 絜：通“洁”。

⑫ 皭(jiào)然泥而不滓：皭，洁白。泥，在污泥之中。不滓，不被染污。

⑬ 从亲：合纵相亲。从，通“纵”。战国七雄中，秦国在函谷关以西，其余六国在函谷关以东。古人以东西为“横”，南北为“纵”。故函谷关以东的六国南北联合称“合纵”，以秦国和东方某国东西联合称“连横”。

⑭ 惠王：秦惠文王，秦孝公之子，战国时期秦国的首任王，公元前 337

年至公元前 311 年在位。

⑮ 张仪：魏国人，为战国时期与苏秦齐名的纵横家。

⑯ 商、於(wū)之地：古地区名，位于秦楚边境，在今河南淅川西南。或认为是商(今陕西丹凤西北商镇)、於(今河南西峡)两地的合称，位于秦岭南麓、丹水与淅水的交汇处。

⑰ 丹、淅：本指丹水、淅水这两条河流的名字。此处为地名，指丹水之北的丹阳县，淅水之南的淅县。

⑱ 汉中：治今陕西汉中，位于楚国北部，临近秦国。

⑲ 蓝田：今属陕西西安。

⑳ 邓：《史记索隐》说："此邓在汉水之北，故邓侯城也。"

㉑ 秦昭王：又称秦昭襄王，名则，一名稷，秦惠文王之子，秦武王异母弟，公元前 306 年至公元前 251 年在位。

㉒ 武关：位于今陕西丹凤东武关河北岸，与函谷关、萧关、大散关成为"秦之四塞"。

㉓ 内：通"纳"，接纳。

㉔ 顷襄王：熊横，楚怀王熊槐之子，公元前 298 年至公元前 263 年在位。

㉕ 反覆：返还，返回。覆，通"复"。

㉖ "《易》曰"五句：此句为《周易·井卦》九三爻辞。泄，指浚井，除去井中污泥。恻，悲伤。这句话的意思是说，井中的污泥已经去除，井水已经很干净了，但仍然没有人来汲取饮用，我心中很忧伤。井水是可以汲取饮用的啊。比喻我心中怀有圣贤之道，可以用来辅佐君主，但君主却不能任用我，我心中忧伤。只有当君主圣明，能任用我所有的圣贤之道时，才能使天下的人都享有幸福。

㉗ 被：通"披"。

㉘ 三闾大夫：屈原曾任三闾大夫，三闾大夫的职责是掌管屈、景、昭三姓贵族。

㉙ 餔(bū)其糟(zāo)而歠(chuò)其醨(lí)：餔，吃。糟，酒渣。歠，喝。醨，味不浓烈的酒。

㉚ 察察：洁净的样子。

㉛ 汶(mén)汶：蒙受污垢。

㉜ 常流：即"长流"，指江河。

㉝ 温蠖(huò)：形容昏聩的样子。

㉞ 《怀沙》：屈原所作赋名。怀沙的意思是怀抱砂砾以自沉于水中。
㉟ 汨罗：即汨罗江，在湖南东北部，属洞庭湖水系，屈原自沉的地方。

鉴赏

本文选自《史记·屈原贾生列传》，描写了屈原才大遭嫉、谏而不听、忠而被谤，先后被楚怀王和楚顷襄王罢黜、疏远、流放，而仍然不改初衷，最终怀沙自沉的故事。

文章的第一至三段，即从“屈原者”至“虽与日月争光可也”为第一部分，屈原为楚怀王左徒，遭到上官大夫的陷害，被楚怀王疏远，屈原忧愁幽思而作《离骚》。

这一部分写出了屈原的才能杰出、上官大夫的嫉贤妒能和谗言兴害，以及楚怀王的昏庸无道。屈原“博闻强识，明于治乱，娴于辞令”，对内有治理国家的才能，对外也擅长外交，并善于写作相关的文件。这遭到了上官大夫的嫉妒。上官大夫，王逸认为即后文的靳尚。上官靳尚讨好了楚怀王宠姬郑袖，因此受到怀王偏信。上官靳尚陷害屈原的原因是“争宠而心害其能”，由此可见争利而嫉妒的心带来的危害。当然这一切的根源在于楚怀王的昏庸。对于屈原，从“王甚任之”到“王怒而疏屈平”，短短的两句话可见楚怀王之反复无常。

屈原被疏远后，没有想办法去讨好楚怀王，也没有离开楚国另谋高就，他爱自己的国家，看到楚怀王如此昏庸，身边围绕着奸臣与宠姬，他为国家担忧、为楚王担忧，于是写下了《离骚》这部千古名作。司马迁对《离骚》的评价值得注意。首先他指出《离骚》产生于屈原之“怨”和“忧愁幽思”。屈原的“忧愁幽思”不是个人“小我”的无病呻吟,而是对国家的忧患,对楚王的担忧,对小人当道、君子遭受不公的哀怨。司马迁对屈原之“怨”表达了充分的理解和深深的同情。司马迁认为,屈原“信而见疑,忠而被谤”,秉性正直却走投无路,他的“怨”不是正常的吗？其次,从“国风好色而不淫”至“虽与日月争光可也”,是司马迁引用了淮南王刘安《离骚传》里对《离骚》的评价。这一评价是关于《离骚》的最早的评论。司马迁是认可这一评价的。值得我们注意的是,刘安和司马迁都将《离骚》和《诗经》相提并论,认为《离骚》兼有《国风》“好色而不淫”和《小雅》“怨诽而不乱”的特点。这一评价是很高的。在刘安和司马迁的时代,《诗经》在儒家的六经中排在首位,经典中提到六经一般都是“《诗》《书》《礼》《乐》《易》《春秋》”,他们把《离骚》和《诗经》相比,认为屈原之志可与日月争光,《离骚》之文旨大义远,无疑确立了屈原和《离骚》的崇高地位。

第四段至第七段,即从“屈平既绌”至“竟死于秦而归葬”为第二部分,楚怀王轻信张仪,信任靳尚、郑袖、子兰等,疏远屈原,导致楚国多次败于秦国,楚怀王也客死秦国。

考《资治通鉴》卷三,张仪以六百里地欺骗楚怀王一事发生在周赧王二年(前 313),此时是秦惠文王称王后更元十二年，楚怀王十六年，齐愍王元年。苏秦已于公元前317年被刺杀，苏秦所倡导的合纵政策也已失败，张仪登上了历史舞台，为秦国进行了连横政策，挑拨东方六国之间的关系。此时楚国和齐国之间还有联合对抗秦国的纵约，秦国想要攻打齐国，就要挑拨离间楚国和齐国的关系。张仪代表秦国，要求楚怀王和齐国绝交，给出的理由和条件，一是献给楚国商於方圆六百里的土地，二是将秦国公主嫁给楚怀王，秦楚联合，结为兄弟之国。对此，楚怀王及其群臣都是相信并赞同的，唯独陈轸表示反对，他说，秦国之所以害怕楚国，是因为楚国和齐国的友好关系，一旦楚齐绝交，楚国失去了齐国的援助，则秦国必定和齐国联合，也就不怕楚国了，当然就不会割地给楚国。但楚怀王不听，答应了张仪，最后果然被骗。结果楚怀王意气用事，派兵攻打秦国。由于没有齐国的帮助，加上魏国又趁火打劫偷袭，楚国吃了败仗，并丧失了汉中地。

楚怀王之所以和齐国绝交，一方面固然与他轻信秦国、怀有贪心有关，另一方面，可能也与当时东方各国之间的合纵本就不稳固有关，东方六国的合纵不是基于仁义和诚信的，而是基于利益的。但无论如何，哪怕只从利益考虑，楚怀王对列国之间的形势判断也是错误的。

文中说“明年，秦割汉中地与楚以和”，考《资治通鉴》卷三，则是在公元前311年，“秦惠王使人告楚怀王，请以武关之外易黔中地”。楚怀王一开始囚禁了张仪，想要杀张仪,但最终没杀,是因为被靳尚和郑袖所误。张仪用重金收买了靳尚,靳尚告诉郑袖,秦王信任和爱护张仪,将会以上庸六县和秦国美女来赎张仪,楚王看重土地而敬畏秦国,将会接受秦国的条件,到时候秦国美女一来,楚王对你的宠幸就会被秦国美女夺走。于是郑袖害怕,日夜在楚怀王面前哭泣,对楚怀王说,如果你杀了张仪,秦国必定大怒,来攻打楚国,我想现在就和子女迁居江南,以避开秦国的军队。楚怀王招架不住郑袖的撒娇和眼泪,于是赦免了张仪并且厚待他。张仪趁机游说楚怀王,要他和秦国结为兄弟之国,楚怀王竟然又答应了。楚怀王放了张仪,此时屈原刚从齐国回来,劝说楚怀王杀掉张仪,楚王这才醒悟,但已追之不及。当然,这时要不要杀张仪,似乎也值得讨论。如果杀掉张仪,秦国或许也会以此为借口来攻打楚国,所以似乎不杀为好。但是张仪反复欺骗楚国,留着对楚国终究是祸害,不如杀掉。但杀与不杀已不是楚国能掌控的了,这一切都在张仪的计划之中,他把人性研究得很透彻,把所有人都拿捏得刚刚好。

时间一晃到了公元前299年,秦惠王及其子秦武王皆已先后去世,此时是秦昭王八年。秦昭王欲和楚怀王会面,楚怀王想要答应,其幼子子兰也赞同,这在一定程度上是可以理解的,因为此时“秦昭王与楚婚”。秦昭王的母亲秦宣太后,即历史上著名的芈八子,出身楚国王族,当时辅佐秦昭王、掌握实权的是秦宣太后同母异父的弟弟魏冉。

或许楚怀王对这一层关系怀有幻想而轻信了秦国。但屈原头脑清醒,认为秦国为虎狼之国,绝不可信,劝阻楚怀王。与屈原一起劝阻楚怀王的,还有昭雎。但楚怀王不听,结果被秦国扣留,最终于公元前296年客死秦国。

第八至十二段,即从“长子顷襄王立”至“于是怀石遂自投汨罗以死”,为第三部分,顷襄王时,屈原写了很多诗篇,仍怀念楚怀王,并批评子兰等人,结果又被顷襄王流放,屈原不愿同流合污,最终投汨罗江殉国。

屈原对楚怀王可以说既爱又恨。恨他,是因为他不能辨别忠奸,“内惑于郑袖,外欺于张仪,疏屈平而信上官大夫、令尹子兰”,正是因为楚怀王的“不知人”,给楚国带来了灾祸;爱他,是因为他毕竟是楚国的国君,对他始终怀抱着希望,即使他被秦国扣留,屈原仍然盼望着有一天他能返回楚国。屈原的诗作得罪了顷襄王和子兰等人。得罪子兰、靳尚等人,好理解,因为屈原在诗作中批评了他们。得罪顷襄王,一方面是因为顷襄王被子兰、靳尚的谗言所惑,另一方面大概是因为屈原对楚怀王的怀念。作为臣子,屈原没有投靠顷襄王,反而无时不在怀念旧主,这或许也让顷襄王不高兴。

屈原也可以说是中国历史上较早因文章获罪的人了。北宋时期有著名的“乌台诗案”,苏轼有很多诗作被政敌认为是诽谤朝政而被捕入狱,几乎丧命。更不用说明清时期的文字狱了。屈原的诗作也是被子兰等人看到,从而被诬陷。虽然从淮南王刘安、太史公司马迁以来,无数人对屈原的辞赋给予了极高的评价,但班固说屈原"露才扬己"确实埋下了得罪世俗和权贵的隐患,以致最后"忿怼沉江",不能不令人感慨屈原命运之悲惨。

根据后人的研究,屈原在顷襄王时遭到两次放逐。第一次是公元前 296 年,楚怀王客死秦国,屈原被免去三闾大夫之职,放逐江南。第二次是公元前 294 年到公元前 279 年,屈原被流放到南方的荒僻地区。

在和秦国的战争中,楚国不断失败,丧失了很多土地,公元前 278 年,秦将白起攻入郢都,楚顷襄王和大臣们逃到了陈城(今河南淮阳)。屈原极度苦闷、完全绝望,于农历五月五日投汨罗江自尽。

司马迁对屈原的命运给予了极大的同情,他在《屈原贾生列传》的文末说:"余读《离骚》《天问》《招魂》《哀郢》,悲其志。适长沙,观屈原所自沉渊,未尝不垂涕,想见其为人。"司马迁也有疑惑不解的地方,他说:"及见贾生吊之,又怪屈原以彼其材,游诸侯,何国不容,而自令若是。"在春秋战国时代,一个大臣不为本国所容,被排斥、被陷害,或者遇到危险,他可以离开自己的国家,在其他国家发挥自己的才能。孔子、孟子皆周游列国,商鞅、张仪、李斯等皆是从其他国家去了秦国,即使是与国君同族,离开自己国家的人也比比皆是,如陈国的公子完、魏国的信陵君等。但屈原不同,他不愿意离开自己的父母之国,国君虽有过,他也不忍心弃之而去。每个人都有自己的选择,我们尊重屈原的选择,也为之深深感动。屈原曾经在《橘颂》一诗中,表达了自己的志向。他说:“受命不迁,生南国兮。深固难徙,更壹志兮。……嗟尔幼志,有以异兮。独立不迁,岂不可喜兮。深固难徙,廓其无求兮。苏世独立,横而不流兮。”清代蒋骥《山带阁注楚辞》说,屈原在这首诗中不仅以“受命不迁”表达了“忠臣不事二君”的忠君爱国、不忍离开楚国的思想,也以“深固难徙,更壹志兮”表达了他“不能变心从俗”的节操。屈原在自沉前所作的《怀沙》说:“重仁袭义兮,谨厚以为丰。……怀情抱质,独无匹兮。”表达了他坚守仁义的高尚情怀。又说:“民生禀命,各有所错(措)兮。定心广志,余何畏惧兮!”表达了他安于天命、无所畏惧的品格。又说:“知死不可让,愿勿爱兮。”他在和渔父的对话中也说:“人又谁能以身之察察,受物之汶汶者乎!宁赴常流而葬乎江鱼腹中耳,又安能以皓皓之白而蒙世俗之温蠖乎!”表达了必死的决心。这种必死之志或许被人认为有些固执,哪怕是司马迁,一开始也不能理解。殊不知正是因为诗人心怀高尚的志向,所以才能看破生死。因为心中有高尚的志向,所以世俗中的名利富贵乃至生死患难,他都置之度外了。贾谊是真正懂屈原的人,所以当司马迁读到贾谊的《鹏鸟赋》时,体会到了文中的“同死生,轻去就”的道理,在高尚志向的光芒之下,死生一如,又何必离开祖国呢?

屈原的所作所为在一定程度上是符合儒家对理想的坚守的。孔子说:“笃信好学,守死善道。”(《论语·泰伯》)又说:“志士仁人,无求生以害仁,有杀身以成仁。”(《论语·卫灵公》)孟子说:“天下有道,以道殉身;天下无道,以身殉道。”(《孟子·尽心上》)又说:“生,亦我所欲也;义,亦我所欲也。二者不可得兼,舍生而取义者也。”(《孟子·告子上》)《中庸》第十章说:“君子和而不流,强哉矫。中立而不倚,强哉矫。国有道,不变塞焉,强哉矫。国无道,至死不变,强哉矫。”第二十章也说:“诚之者,择善而固执之者也。”从儒家的思想来看,屈原坚守了他心中的道。或许他可以不必自杀,而是隐居起来。不过,心中的痛苦太深,使得他的做法有些激烈了。他的自杀或许可以说违背了儒家的“哀而不伤”的中道思想。

最后一段为文章的第四部分。把宋玉、唐勒、景差和屈原进行对比,更凸显了屈原的能“直谏”。宋玉等人不能直谏,虽然也写出了美妙的辞赋,但终究缺少屈原辞赋中的风骨。“其后楚日以削,数十年竟为秦所灭”,虽然原因众多,而楚王不能容纳屈原这样的正直之臣,是非常重要的原因。屈原的怀沙自沉似乎也是楚国灭亡的预兆。

(刘　永)

扁　鹊

原文

扁鹊者，勃海郡郑[①]人也，姓秦氏，名越人。少时为人舍长[②]。舍客长桑君[③]过，扁鹊独奇之，常谨遇之。长桑君亦知扁鹊非常人也。出入十余年，乃呼扁鹊私坐，闲与语曰："我有禁方，年老，欲传与公，公毋泄。"扁鹊曰："敬诺。"乃出其怀中药予扁鹊："饮是以上池之水[④]三十日，当知物矣。"乃悉取其禁方书尽与扁鹊。忽然不见，殆非人也。扁鹊以其言饮药三十日，视见垣一方[⑤]人。以此视病，尽见五藏[⑥]症结，特以诊脉为名耳。为医或在齐，或在赵。在赵者名扁鹊。

当晋昭公时，诸大夫彊而公族弱，赵简子[⑦]为大夫，专国事。简子疾，五日不知人，大夫皆惧，于是召扁鹊。扁鹊入视病，出，董安于[⑧]问扁鹊，扁鹊曰："血脉治也，而何怪！昔秦穆公[⑨]尝如此，七日而寤[⑩]。寤之日，告公孙支与子舆[⑪]曰：'我之帝所甚乐。吾所以久者，适有所学也。帝告我："晋国且大乱，五世不安[⑫]。其后将霸，未老而死。霸者之子且令而[⑬]国男女无别。"'公孙支书而藏之，秦策于是出。夫献公之乱，文公之霸，而襄公败秦师于殽[⑭]而归纵淫，此子之所闻。今主君之病与之同，不出三日必间，间必有言也。"

居二日半，简子寤，语诸大夫曰："我之帝所甚乐，与百神游于钧天，广乐九奏万舞，不类三代之乐，其声动心。有一熊欲援我，帝命我射之，中熊，熊死。有罴来，我又射之，中罴，罴死。帝甚喜，赐我二笥，皆有副。吾见儿在帝侧，帝属我一翟[15]犬，曰：'及而子之壮也以赐之。'帝告我：'晋国且世衰，七世而亡[16]。嬴姓将大败周人于范魁之西[17]，而亦不能有也。'"董安于受言，书而藏之。以扁鹊言告简子，简子赐扁鹊田四万亩。

其后扁鹊过虢。虢太子[18]死，扁鹊至虢宫门下，问中庶子喜方者[19]曰："太子何病，国中治穰[20]过于众事？"中庶子曰："太子病血气不时，交错而不得泄，暴发于外，则为中害。精神不能止邪气，邪气畜积而不得泄，是以阳缓而阴急，故暴蹷[21]而死。"扁鹊曰："其死何如时？"曰："鸡鸣至今。"曰："收[22]乎？"曰："未也，其死未能半日也。""言臣齐勃海秦越人也，家在于郑，未尝得望精光侍谒于前也。闻太子不幸而死，臣能生之。"中庶子曰："先生得无诞之乎？何以言太子可生也！臣闻上古之时，医有俞跗[23]，治病不以汤液醴洒、镵石挢引、案扤毒熨[24]，一拨见病之应，因五藏之输[25]，乃割皮解肌，诀脉结筋[26]，搦髓脑，揲荒爪幕[27]，湔浣肠胃，漱涤五藏，练精易形。先生之方能若是，则太子可生也；不能若是而欲生之，曾不可以告咳婴之儿[28]。"终日，扁鹊仰天叹曰："夫子之为方也，若以管窥天，以郄视文。越人之为方也，不待切脉、望色、听声、写形[29]，言病之所在。闻病之阳，论得其阴;闻病之阴,论得其阳[30]。病应见于大表,不出千里,决者至众,不可曲止也[31]。子以吾言为不诚,试入诊太子,当闻其耳鸣而鼻张,循其两股以至于阴,当尚温也。”

中庶子闻扁鹊言,目眩然而不瞚[32],舌挢然[33]而不下,乃以扁鹊言入报虢君。虢君闻之大惊,出见扁鹊于中阙[34],曰:“窃闻高义之日久矣,然未尝得拜谒于前也。先生过小国,幸而举之,偏国寡臣[35]幸甚。有先生则活,无先生则弃捐填沟壑,长终而不得反[36]。”言末卒,因嘘唏服臆[37],魂精泄横,流涕长潸,忽忽承睫[38],悲不能自止,容貌变更。扁鹊曰:“若太子病,所谓‘尸蹷’者也。夫以阳入阴中,动胃繵缘[39],中经维络[40],别下于三焦[41]、膀胱,是以阳脉下遂[42],阴脉上争,会[43]气闭而不通,阴上而阳内行,下内鼓而不起,上外绝而不为使,上有绝阳之络,下有破阴之纽[44],破阴绝阳,色废脉乱,故形静如死状。太子未死也。夫以阳入阴,支兰[45]藏者生,以阴入阳,支兰藏者死。凡此数事,皆五藏蹷中之时暴作也。良工取之,拙者疑殆。”

扁鹊乃使弟子子阳厉鍼砥石[46],以取外三阳五会[47]。有间,太子苏。乃使子豹为五分之熨[48],以八减之齐[49]和煮之,以更熨两胁下。太子起坐。更适[50]阴阳,但服汤,二旬而复故。故天下尽以扁鹊为能生死人。扁鹊曰:“越人非能生死人也,此自当生者,越人能使之起耳。”

扁鹊过齐，齐桓侯[51]客之。入朝见，曰：“君有疾在腠理[52]，不治将深。”桓侯曰：“寡人无疾。”扁鹊出，桓侯谓左右曰：“医之好利也，欲以不疾者为功。”后五日，扁鹊复见，曰：“君有疾在血脉，不治恐深。”桓侯曰：“寡人无疾。”扁鹊出，桓侯不悦。后五日，扁鹊复见，曰：“君有疾在肠胃间，不治将深。”桓侯不应。扁鹊出，桓侯不悦。后五日，扁鹊复见，望见桓侯而退走。桓侯使人问其故。扁鹊曰：“疾之居腠理也，汤熨之所及也；在血脉，针石之所及也；其在肠胃，酒醪之所及也；其在骨髓，虽司命[53]无奈之何。今在骨髓，臣是以无请也。”后五日，桓侯体病，使人召扁鹊，扁鹊已逃去。桓侯遂死。

使圣人预知微，能使良医得蚤[54]从事，则疾可已，身可活也。人之所病[55]，病疾[56]多；而医之所病，病道[57]少。故病有六不治：骄恣不论于理，一不治也；轻身重财，二不治也；衣食不能适，三不治也；阴阳并[58]，藏气不定，四不治也；形羸不能服药，五不治也；信巫不信医，六不治也。有此一者，则重难治也。

扁鹊名闻天下。过邯郸，闻贵妇人，即为带下医；过雒阳，闻周人爱老人，即为耳目痹医；来入咸阳，闻秦人爱小儿，即为小儿医：随俗为变。秦太医令李醯[59]自知伎[60]不如扁鹊也，使人刺杀之。至今天下言脉者，由扁鹊也。

注

① 勃海郡郑：渤海郡，在今河北省沧州市一带。郑，渤海郡无郑县，郑应为“鄚”，在今河北任丘北。

② 舍长：守护客馆的负责人。

③ 长桑君：《史记索隐》说，“隐者，盖神人”。

④ 上池之水：旧说认为指未落到地面的水，如用盘子承接的露水，或竹子、树木上的水。

⑤ 垣一方：墙的那一边。方，边。

⑥ 五藏：即“五脏”，心、肺、脾、肝、肾。

⑦ 赵简子：即赵鞅（？—前476年），春秋时期晋国正卿。按，赵简子把持晋国政权在晋顷公（前525—前512年在位）、晋定公（前511—前475年在位）之时，非晋昭公（前531—前526年在位）时。《史记·赵世家》记载此梦于晋定公时。

⑧ 董安于：赵简子家臣，出色的建筑家，古代晋阳城的始创者。

⑨ 秦穆公：名任好，秦德公之子，秦宣公、秦成公之弟，公元前659年至公元前621年在位。秦穆公善于任用百里奚、由余等人才，击败晋国。后在崤（今河南三门峡市东南）遭晋军袭击，大败。转而向西发展，使十二个戎国臣服，拓地千里，称霸西戎，并被周襄王赐予金鼓，成为春秋时代的霸主之一。

⑩ 寤（wù）：睡醒。

⑪ 公孙支与子舆：二人皆秦国大夫。

⑫ 五世不安：晋献公听信宠妾骊姬的谗言，导致太子申生自杀，公子重耳、夷吾逃亡，并改立骊姬之子奚齐为太子。晋献公去世后，荀息拥立奚齐为国君，大夫里克杀掉了奚齐；荀息又立骊姬妹妹之子卓子为国君，里克又杀掉了卓子和荀息。公子夷吾在秦国的帮助下回国继位，为晋惠公（前650—前637年在位）。晋惠公继位后，没有履行割让河西之地以示感谢的诺言，失信于秦国；对内，因担心里克想迎立公子重耳而杀了里克，失去了很多大臣的支持。晋惠公去世后，其子继位为晋怀公（前637—前636年在位），不得人心。次年，在秦穆公的支持下，公子重耳返回晋国即位，晋怀公逃亡，不久被杀。公子重耳即晋文公（前636年—前628年在位）。晋文公成为春秋时期继齐桓公之后的第二位霸主，而且晋国的霸主地位延续

了一百余年。文中说的“五世不安”,应指晋献公、奚齐、卓子、晋惠公、晋怀公五位君主在位时期的政局动荡,直至晋文公时才稳定下来。

⑬ 而:尔,你。

⑭ 襄公败秦师于殽:晋襄公(前627—前621年在位)是晋文公之子。晋文公去世后,秦穆公想趁机派兵偷袭郑国,结果未能得逞,于是秦军只好灭掉了郑国边上的滑国,准备班师回国。晋国人认为秦国在晋国有国丧的时候讨伐郑国,是对晋国的不尊重,于是在崤山(今河南三门峡东南)谷地设下了埋伏。秦军在返回途中经过崤山谷地的时候,被埋伏在那里的晋军重创,秦军全军覆没,三位主将也被俘了。

⑮ 翟:同“狄”,古时泛称北方少数民族。

⑯ 七世而亡:晋定公、出公、哀公、幽公、烈公、孝公、静公为七世,静公二年(前376),赵、魏、韩三国废静公为庶人,瓜分了晋国最后的一点土地,晋国灭亡。据此和《赵世家》,赵简子此次疾病发生在晋定公十一年(前501)。

⑰ 嬴姓将大败周人于范魁之西:根据《史记正义》,赵氏本为嬴姓,与秦国国君同源,此处嬴姓即指赵国。周人,指卫国人,卫国首位国君卫康叔是周公的弟弟,所以卫人被称为周人。晋亡之后,赵成侯三年(前372),伐卫,攻取卫国乡邑七十三座。

⑱ 虢太子:据《史记索隐》,此时虢国已于一百二十余年前被晋献公所灭,因此这里说“虢太子”,有误。但虢后改称“郭”,春秋有郭公,此处大概是指“郭太子”。

⑲ 中庶子喜方者:中庶子,官名。喜方者,爱好医药方术的人,姓名未记录下来。

⑳ 治穰(rǎng):犹祈祷。穰,通“禳”。

㉑ 暴蹷:突然昏厥。蹷,同“蹶”。

㉒ 收:指把尸体收进棺材中。

㉓ 俞跗:黄帝时的将领。

㉔ 鑱(chán)石挢引、案扤(wù)毒熨:鑱石,石针,指针灸法。挢,按摩。引,引体之法,如五禽戏之类。案扤,也是指按摩身体使筋脉调和。案,通“按”。扤,动。毒熨,在病毒之处用药物熨帖,如贴膏药之类。

㉕ 五藏之输:五脏六腑之输。输,通“腧(shù)”,穴位。《史记正义》引

《八十一难》云:“肺之原出于太渊,心之原出于太陵,肝之原出于太冲,脾之原出于太白,肾之原出于太溪,少阴之原出于兑骨,胆之原出于丘虚,胃之原出于冲阳,三焦之原出于阳池,膀胱之原出于京骨,大肠之原出于合谷,小肠之原出于腕骨。十二经皆以输为原也。”

㉖ 诀脉结筋:疏导经脉,结扎筋腱。诀,通“决”。

㉗ 揲(shé)荒爪幕:触动膏肓,用手疏理横隔膜。揲,持,触动。荒,通“肓”,即膏肓。爪,通“抓”,用手指疏理。幕,通“膜”,指横隔膜。

㉘ 咳婴之儿:刚会笑的婴儿。咳,婴儿的笑声。

㉙ 切脉:按脉,通过脉搏的情况而知病情。望色:察看病人脸色。《史记正义》引《素问》云:“面色青,脉当弦急;面色赤,脉当浮而短;面色黑,脉当沉浮而滑也。”听声:根据病人发出的声音而知病情。《素问》云:“好哭者肺病,好歌者脾病,好妄言者心病,好呻吟者肾病,好叫呼者肝病也。”写形:观察病人体态神情外部症状。写,摹写,此处指审察。根据《素问》,如果病人怕冷而不想见人,应是五脏里有病,如果病人怕热而想要见人的,则是六腑里有病。

㉚ “闻病之阳”四句:腹部为阴,背部为阳,五脏皆在腹中,但五脏之原、与五脏相关的穴位都在背部,因此阴阳相关,外体和内脏相互影响,论病时不可偏废。

㉛ “病应见于大表”四句:体内的疾病显现于体表,不用远行千里寻找医生,就可以诊断疾病,断定疾病的方法很多,不能只从一个角度来看。曲,一曲,一个角度。止,语气词,一说停留,曲止为停留在一个角度上看问题。

㉜ 瞚(shùn):同“瞬”,眨眼。

㉝ 挢(jiǎo)然:形容舌头翘起的样子。

㉞ 中阙:宫殿的中门。

㉟ 偏国寡臣:自谦之辞,说自己是偏远之国,寡小之臣。

㊱ 长终而不得反:长终,永远死去。反,通“返”,指复生。

㊲ 服(bì)臆:因悲伤而气满郁结。服,通“愊”(bì),郁结。

㊳ 眣:同“睫”,睫毛。

㊴ 动胃缠缘:经脉缠绕着胃。缠缘,缠绕。缠,同“缠”。

㊵ 中经维络:维,结。《八十一难》云:“十二经脉,十五络脉,阳维阴维之脉也。”

㊶ 三焦：上焦、中焦、下焦的合称。横膈以上为上焦，脘腹部为中焦，肚脐以下为下焦。三焦是食物经过的通道，气运行时开始和结束的地方。

㊷ 遂：通“坠”。

㊸ 会：恰逢。

㊹ 纽：筋纽。

㊺ 支兰：人体的脉络。

㊻ 厉鍼砥石：磨砺针石。厉，通“砺”，磨砺。鍼，同“针”。砥，砥砺。

㊼ 三阳五会：穴位名。手足各有三阴三阳：太阴，少阴，厥阴；太阳，少阳，阳明。五会指百会、胸会、听会、气会、臑会。

㊽ 子豹：扁鹊弟子。五分之熨：《史记索隐》：“谓熨之令温暖之气入五分也。”

㊾ 八减之齐：八减方的药剂。齐，通“剂”。

㊿ 适：调和。

(51) 齐桓侯：傅玄认为此时齐国无桓侯，裴骃认为是齐侯田和之子桓公田午（前374—前357年在位）。

(52) 腠（còu）理：皮肤和脏腑的纹理，此处指皮肤和肌肉之间。

(53) 司命：古代传说中掌管人生命的神。

(54) 蚤：通“早”。

(55) 病：担忧。

(56) 疾：疾病。

(57) 道：方法，指治病的方法。

(58) 并：交合，此处指错乱。

(59) 李醯（xī）：秦武王（前310—前307年在位）时太医令。

(60) 伎：通“技”，指医术。

鉴赏

本文节选自《史记·扁鹊仓公列传》。

第一段为第一部分，叙述了扁鹊的姓名、籍贯以及其神医技能的由来。扁鹊并不是出生在医学世家，也不是从小学习医学，他年轻时是地方上的小公务员，公家旅馆的负责人。他遇到了旅馆的客人长桑君。长桑君大概是神人一类的人物,但其日常生活中的言行表现能够“和光同尘”,一般人看不出来,只有扁鹊感觉他不是一般人,因此对他特别尊敬。这一尊敬十余年不变。长桑君也认为扁鹊不是一般人,于是把自己珍藏的药送给扁鹊,并嘱咐他要用“上池之水”连续饮用此药三十天。扁鹊因此获得了“眼神通”,能透视人的五脏六腑,也能隔墙观物。长桑君还送给扁鹊罕见的医方书。扁鹊于是以诊脉为名,以“眼神通”观看人的五脏六腑的机能,寻找其病症所在,结合长桑君给他的医书,来为人治病。

扁鹊之所以能得到长桑君的青睐,并不是因为他的出身和本身已具有的技能,而是因为他为人处世的道德品性。另外,一个人的成功,也有机遇,所谓“有意栽花花不发,无心插柳柳成荫”,我们刻意去做的并不一定能成功,但只要我们诚恳做人、认真做事,机遇来临了,说不定我们在某个事情上就成功了。例如刘邦后来能够建立汉朝,统治天下,也不是从小培养的。又如晋朝的干宝本是一位儒家学者,对《周易》有很深的研究,《周易集解》引用了很多他的论述,但今天为我们所熟知的却是他写的一部《搜神记》。扁鹊本是“舍长”,如果他在仕途上努力,或许有机会到中央朝廷做个大夫,衣锦还乡;但机缘降临,他却成为了名医。

第二至三段为第二部分,扁鹊准确说出了赵简子的情况而获得赵简子赐田地四万亩。赵简子为晋国的执政大臣，忽然不省人事，过了五天尚未醒来，于是大臣们请扁鹊来为他诊治。扁鹊的诊治基于两点：一是他能够了知赵简子的五脏六腑都是没问题的，赵简子的血脉是畅通的；二是他对历史上秦穆公有类似情况的了解。因此他断定赵简子一方面没有性命之忧，另一方面他会在三天内醒来，醒来后必定会告诉大家神奇的梦境。结果果然不出扁鹊所料。

关于赵简子的梦境，在《史记·赵世家》里有更详细的记载。天帝命赵简子射死一熊一罴，是指赵简子灭范氏和中行氏。天帝赏赐两个竹箱给赵简子，是指赵氏将灭掉代国和智氏。赵简子见“儿在帝侧”，此儿即是他的儿子赵襄子。“翟犬”即“狄犬”，代表代国，代国属于北狄，北狄的始祖以狗为图腾，把狄犬赐给赵襄子，预示着灭掉代国的是赵襄子。另外，中山国也属于北狄，这也预示着赵简子的后嗣赵武灵王经过“胡服骑射”的改革后灭掉中山国。

公元前633年，晋文公在城濮之战前作上、中、下三军，每军各设一名将、佐，称三军六卿，其中地位最高的是中军将，为晋国的执政大臣。后根据形势需要，又发展变化为五军十卿、六军十二卿、四军八卿，后来又恢复为三军六卿制。做过卿的有十一家，至公元前550年，韩氏、赵氏、魏氏、智氏、范氏、中行氏六家开始长期占据六卿的位置。公元前493年，赵简子灭范氏、中行氏，于是取消中军，六卿变为四卿。公元前476年,赵简子去世,其子无恤继位,这就是赵襄子。赵襄子的姐姐嫁给了代王,赵襄子到夏屋山(今山西代县东北)宴请代王,代王赴宴,赵襄子设下埋伏,斟酒的人在行斟时,趁机用斟酒用的铜勺刺杀代王及其从官。赵襄子接着举兵一举灭掉了代国。赵襄子的姐姐悲痛至极,用发簪自杀身亡。公元前453年,赵襄子联合韩氏、魏氏灭掉了执政的智氏,至公元前403年,赵襄子的长兄伯鲁的曾孙赵籍与魏韩二家皆被周天子承认为诸侯,史称"三家分晋"。赵籍即是赵烈侯。公元前376年,末任晋侯晋静公被废为庶民,晋国正式消亡。赵简子做此梦的时候是在晋定公时期,从晋定公至晋静公恰好共七位国君,与"晋国且世衰,七世而亡"合。公元前307年,赵烈侯的玄孙赵武灵王进行改革,推行胡服骑射,数年之内灭掉了中山国,并取得了大片原来被胡族控制的土地,拓地千里,而且收编了林胡和楼烦的军队,大大增强了赵国的军事力量。

第四至六段为第三部分,虢国太子暴病而亡,已死将近半天了,扁鹊只听到中庶子的病情介绍,就预料到太子还能活过来。扁鹊先施加针灸,太子很快就苏醒过来;又把特制的膏药贴在两胁下,太子很快就能坐起来了;又让太子服用了二十天的汤药,太子就康复了。经过此事,天下人都认为扁鹊能起死回生。但扁鹊却说:"太子并未死,他的病症是'尸蹶',是可以看好的;我并不能起死回生,是病人本身命不该绝,我只是把他重新唤醒罢了。”

从虢国太子的病例来看,扁鹊不仅获得了长桑君给他的“眼神通”,而且通过自己的努力,广泛并深刻地掌握了医学知识。扁鹊的才能是多方面的,针灸、膏药、汤药,无一不精通。这是他在被长桑君选定后,通过自己的努力做到的。在古代,老师想要把自己的绝学传给学生,绝不会轻易地找一个人相传,而是经过多年的、多方面的观察,觉得此人可信、是这方面的材料,才会传给他。而且不仅仅是老师选择自己的学生,学生也在选择自己的老师。从这一点来看,长桑君和扁鹊都是幸运的。长桑君没有看错人。

第七至八段为第四部分,扁鹊在齐国,齐桓侯把他当作客人而礼遇他,但齐桓侯讳疾忌医,不听信扁鹊的话,最终病入膏肓,不治而死。从这个故事来看,扁鹊不仅能治“已死”,还能在病情尚未显现时就能看出来疾病的情况,并预知病情的发展。

在此故事之后,司马迁写了一段评论,认为如果一个人遇到良医,相信良医的话,则能在疾病未严重时把病治好;同时司马迁也写了六种有病却最终不治的情况。司马迁告诉我们,圣人能“预知微”,我们应当相信圣人,“使良医得蚤从事”,就能治好病;如果我们“骄恣不论于理”,不相信良医的话,病就治不好了。齐桓侯是属于“骄恣不论于理”一类的人,不相信良医,延误了病情,最终不治而死。但话又说回来了，古人相信天命，也许这就是齐桓侯的命吧。

齐桓侯的故事和虢国太子的故事放在一起进行对比，更能使我们了解“信任”的重要性。虢国太子“尸蹶”暴亡的时候，遇到扁鹊的虢国中庶子是一位“喜方者”，即喜爱传统医学、相信传统医学的人。虽然他一开始也怀疑扁鹊所说，但当扁鹊坚持要试一下的时候，他还是把扁鹊引荐给了虢国君主。而齐桓侯本人是怀疑扁鹊的，认为扁鹊只是吓唬他，把本来没有病的人治好，以此来获利。反正本来就没病，我说你有病，然后把你“治好”了，最后病没有显现出来，谁也无法证实。齐桓侯身边的人也没有人相信扁鹊，所以没有人劝谏他。当然，也有可能齐桓侯太自负了，刚愎自用，所以身边即使有相信扁鹊的人也不敢劝谏。这正是齐桓侯的悲剧所在。当然虢国国君之所以相信扁鹊，也许是因为虢国太子已经“暴病身亡”了，试一下也无妨，万一是真的呢？而齐桓侯不相信扁鹊，也许是因为他当时很健康，没有任何不适，没有任何显现，所以他不愿意相信。但扁鹊已经有了神奇的看病的例子，并且并没有个人道德瑕疵方面的传闻，所以齐桓侯不相信扁鹊是不明智的。

最后一段是文章的第五部分，扁鹊能入乡随俗，在尊重妇女的邯郸，就主要治疗妇科病；在敬爱老人的洛阳，就主要治疗老年人容易得的听力、视力方面的疾病以及麻痹症；到了爱护幼儿的秦国，就主要治疗儿科疾病。扁鹊因此名闻天下。但这也为他带来了悲剧的命运，他在秦国遭到太医令的嫉妒，被刺杀身亡。神医能为天下人治病，却不能救自己的命，这是一件悲伤的事。

司马迁说“至今天下言脉者，由扁鹊也”，这说明扁鹊为人号脉治病，不仅仅是为了掩护自己的“眼神通”，他是真的会为人号脉。中医号脉的技术流传至今，但扁鹊的“眼神通”却没有流传下来，这是很遗憾的事。当然，在我们今天的人看来，或许这是迷信的说法。不过，至少司马迁是相信扁鹊是具有“眼神通”的。司马迁在文中说“信巫不信医，六不治也”，可见他把“信巫”看作迷信；这也反过来证明，他是相信长桑君为神人并把“禁方”传给扁鹊这件事的。

（刘　永）

司马迁生平

与

文学创作年表

【纪　　年】汉景帝中元五年(前145)丙申
【年　　岁】1
【生平经历】出生于夏阳(今陕西韩城南)。
【主要作品】
【相关大事】封皇子舜为常山王。赦天下。未央宫发生火灾。

【纪　　年】西汉景帝中元六年(前144)丁酉
【年　　岁】2
【生平经历】
【主要作品】
【相关大事】减轻笞刑。匈奴入侵雁门、武泉、上郡,掠夺苑马。李广为上郡太守。

【纪　　年】西汉景帝后元三年(前141)庚子
【年　　岁】5
【生平经历】
【主要作品】
【相关大事】诏令劝民务农。景帝卒。太子刘彻即位,为武帝。

【纪　　年】汉武帝建元元年(前140)辛丑
【年　　岁】6
【生平经历】
【主要作品】
【相关大事】以窦婴为丞相,田蚡为太尉,赵绾为御史大夫。诏令罢苑马,以助贫民。枚乘死。

【纪　　年】汉武帝建元二年(前139)壬寅
【年　　岁】7
【生平经历】父司马谈撰《论六家要旨》,任太史丞,督建茂陵(今陕西兴平东南)。
【主要作品】

【相关大事】窦婴、田蚡被免官。柏至侯许昌为丞相。张骞应募出使大月氏。

【纪　　年】汉武帝建元三年(前138)癸卯
【年　　岁】8
【生平经历】父司马谈升太史令,由茂陵县到京师任职。
【主要作品】
【相关大事】平原水灾。闽越攻东瓯。武帝招选才智之士,得严助、朱买臣、司马相如、东方朔等。

【纪　　年】汉武帝建元五年(前136)乙巳
【年　　岁】10
【生平经历】耕牧河山之阳,诵古文。
【主要作品】
【相关大事】置五经博士。

【纪　　年】汉武帝建元六年(前135)丙午
【年　　岁】11
【生平经历】
【主要作品】
【相关大事】窦太后崩。罢许昌丞相,任田蚡为丞相。闽越王郢发兵攻南越。

【纪　　年】汉武帝元光元年(前134)丁未
【年　　岁】12
【生平经历】
【主要作品】
【相关大事】令郡国举孝廉。李广为骁骑将军屯云中,程不识为车骑将军屯雁门。武帝诏贤,董仲舒、公孙弘出用。

【纪　　年】汉武帝元光二年(前133)戊申

【年　　岁】13
【生平经历】随父在黄河、渭水一带搜集史料。
【主要作品】
【相关大事】派韩安国、李广、公孙贺、王恢、李息五将军率兵诱击匈奴，匈奴单于入塞，中途发觉中计，引军退去。

【纪　　年】汉武帝元朔二年(前127)甲寅
【年　　岁】19
【生平经历】
【主要作品】
【相关大事】武帝颁“推恩令”，削弱诸侯势力。匈奴侵入上谷、渔阳杀虏吏民千余人，遣卫青、李息驱匈奴，收河南地，置朔方郡(治今内蒙古杭锦旗北)、五原郡(治今内蒙古包头市西北)。募民十万徙朔方，又徙郡国豪杰及资产三百万以上者于茂陵。

【纪　　年】汉武帝元朔三年(前126)乙卯
【年　　岁】20
【生平经历】南游江淮，搜集遗闻史料，为协助父亲著作《史记》做准备。
【主要作品】
【相关大事】罢苍海郡。张骞趁匈奴内乱逃回，向武帝报告西域诸事，被授以太中大夫。匈奴又入雁门。

【纪　　年】汉武帝元朔四年(前125)丙辰
【年　　岁】21
【生平经历】南游北归。父司马谈随武帝至甘泉。
【主要作品】
【相关大事】匈奴入代郡、定襄、上郡。

【纪　　年】汉武帝元朔五年(前124)丁巳

【年　　岁】22
【生平经历】初仕，担任郎中。
【主要作品】
【相关大事】卫青率兵十余万出朔方、高阙击匈奴。丞相公孙弘请为博士置弟子员。董仲舒为胶西相。

【纪　　年】汉武帝元朔六年（前 123）戊午
【年　　岁】23
【生平经历】
【主要作品】
【相关大事】卫青率兵击匈奴，获胜。

【纪　　年】汉武帝元狩元年（前 122）己未
【年　　岁】24
【生平经历】与父一同随武帝出巡。
【主要作品】
【相关大事】武帝至雍（今陕西凤翔南），祠五畤。淮南王安、衡山王赐因被告谋反，自刭，株连者数万人。匈奴入上谷杀数百人。

【纪　　年】汉武帝元狩二年（前 121）庚申
【年　　岁】25
【生平经历】与父一同随武帝出巡。
【主要作品】
【相关大事】武帝至雍祠五畤。公孙弘卒。骠骑将军霍去病出陇西、北地击匈奴。匈奴再入雁门，公孙敖、张骞因延误军期被免为庶人。匈奴昆邪王杀休屠王，率众降汉，以其地置武威县（治今甘肃民勤东北）、酒泉郡（治今甘肃酒泉）。

【纪　　年】汉武帝元狩四年（前 119）壬戌

【年　　岁】27
【生平经历】
【主要作品】
【相关大事】遣卫青、霍去病击匈奴。李广因延误军期被责，自杀。

【纪　　年】汉武帝元狩五年(前 118)癸亥
【年　　岁】28
【生平经历】
【主要作品】
【相关大事】司马相如卒。

【纪　　年】汉武帝元鼎四年(前 113)戊辰
【年　　岁】33
【生平经历】与父一同随武帝出巡。
【主要作品】
【相关大事】武帝至雍祠五畤，行自夏阳(今陕西韩城南)，到汾阴(治今山西万荣)立后土祠。

【纪　　年】汉武帝元鼎五年(前 112)己巳
【年　　岁】34
【生平经历】与父一同随武帝出巡。
【主要作品】
【相关大事】武帝至雍祠五畤，登空同山，西临祖厉河而还。立泰畤于甘泉宫。讨伐南越。匈奴入五原，杀太守。

【纪　　年】汉武帝元鼎六年(前 111)庚午
【年　　岁】35
【生平经历】升任郎中将，奉使西征巴蜀以南。父随武帝东巡。
【主要作品】

【相关大事】 武帝东巡。征西羌。灭南越。讨伐东越。

【纪　　年】 汉武帝元封元年(前 110)辛未
【年　　岁】 36
【生平经历】 平定西南夷后返回朔方报命,随武帝出巡。父司马谈卒。
【主要作品】
【相关大事】 武帝亲率十八万骑北历上郡、西河、五原一带,至朔方,临北河,威震匈奴。诏令迁其民到江淮地区。武帝东巡海上,封泰山,经辽西、九原至甘泉,周行一万八千里。

【纪　　年】 汉武帝元封二年(前 109)壬申
【年　　岁】 37
【生平经历】 随武帝出巡,负薪塞河。
【主要作品】
【相关大事】 武帝至雍祠五畤,又至缑氏、东莱,封泰山;在瓠子遇决河,命从臣负薪塞河堤。朝鲜王杀辽东都尉,武帝诏令击朝鲜。遣兵平定西南夷中未服者,设置益州郡(治今云南昆明市晋宁区东)。

【纪　　年】 汉武帝元封三年(前 108)癸酉
【年　　岁】 38
【生平经历】 始任太史令,搜集整理史料。
【主要作品】 文《与挚峻酬答书》。
【相关大事】 朝鲜杀其王降汉。武都氐人起事,旋败,分徙酒泉。

【纪　　年】 汉武帝元封四年(前 107)甲戌
【年　　岁】 39
【生平经历】 随武帝出巡。
【主要作品】

【相关大事】武帝至雍，北出萧关、独鹿山、鸣泽、代，又渡黄河，祠后土。单于使者死于长安，匈奴侵边，遣郭昌驻扎朔方。

【纪　　年】汉武帝元封五年(前 106)乙亥
【年　　岁】40
【生平经历】随武帝出巡。
【主要作品】
【相关大事】武帝南巡，三月还至泰山。置十三刺史部。下求贤诏。卫青卒。

【纪　　年】汉武帝元封六年(前 105)丙子
【年　　岁】41
【生平经历】随武帝出巡。
【主要作品】
【相关大事】武帝至回中，又渡黄河至河东祠后土。益州、昆明反，遣郭昌击之。

【纪　　年】汉武帝太初元年(前 104)丁丑
【年　　岁】42
【生平经历】随武帝出巡。与落下闳等人制定《太初历》。
【主要作品】开始著述《史记》。
【相关大事】武帝至泰山，又渡黄河至河东祠后土，又东临渤海。颁行《太初历》。遣李广利征大宛。董仲舒卒。

【纪　　年】汉武帝太初四年(前 101)庚辰
【年　　岁】45
【生平经历】随武帝出巡。
【主要作品】
【相关大事】李广利斩大宛王，获汗血马。武帝至回中。

【纪　　年】汉武帝天汉元年(前100)辛巳
【年　　岁】46
【生平经历】随武帝出巡。
【主要作品】
【相关大事】武帝至甘泉,又渡黄河至河东祠后土。中郎将苏武出使匈奴,被执。

【纪　　年】汉武帝天汉二年(前99)壬午
【年　　岁】47
【生平经历】随武帝出巡。因替李陵辩解,下狱。
【主要作品】
【相关大事】武帝至东海,返还回中。遣李广利以三万骑出酒泉,击右贤王于天山,败还;李陵出居延北,与单于战,兵败降匈奴。徐勃在山东泰山、琅琊一带起义。

【纪　　年】汉武帝天汉三年(前98)癸未
【年　　岁】48
【生平经历】被罢太史令职,大理狱中关押,拟为“诬上”死罪。
【主要作品】文《悲士不遇赋》约作于此时。
【相关大事】匈奴入雁门。

【纪　　年】汉武帝天汉四年(前97)甲申
【年　　岁】49
【生平经历】司马迁为著作《史记》忍辱苟活,自请宫刑,得到武帝“减死一等”,下蚕室受腐刑。
【主要作品】
【相关大事】遣李广利、公孙敖、韩说等率二十万众击匈奴,不利,皆引军还。令死罪赎钱五十万,减死一等。

【纪　　年】汉武帝太始元年(前96)己酉
【年　　岁】50

【生平经历】出狱，任中书谒者令。
【主要作品】
【相关大事】公孙敖被杀。

【纪　　年】汉武帝太始四年(前93)戊子
【年　　岁】53
【生平经历】随武帝出巡。
【主要作品】文《报任少卿书》。
【相关大事】武帝至泰山、雍等地。东方朔卒。

【纪　　年】汉武帝征和二年(前91)庚寅
【年　　岁】55
【生平经历】随武帝出巡。
【主要作品】著述完《史记》。
【相关大事】武帝至甘泉。因“巫蛊”之祸，丞相公孙贺下狱死，以刘屈氂为丞相。使江充治“巫蛊”狱，太子与皇后密谋杀江充，发兵与丞相刘屈氂战长安，死者数万，太子逃亡，被围自缢。任安因太子事件被武帝误会有二心，判腰斩。

【纪　　年】汉武帝征和三年(前90)辛卯
【年　　岁】56
【生平经历】司马迁卒年不详。有学者考，或因《报任少卿书》对武帝有怨言，被人告发，下狱后死于狱中。
【主要作品】
【相关大事】匈奴入五原、酒泉。遣李广利等将十万余兵击匈奴。刘屈氂谋立昌邑王为帝，事发被腰斩。李广利兵败，降匈奴，后被匈奴贵族所杀。

（章泰阿）

图书在版编目(CIP)数据

司马迁散文鉴赏辞典 / 上海辞书出版社文学鉴赏辞典编纂中心编. -- 上海 ：上海辞书出版社，2024.
ISBN 978-7-5326-6285-2

Ⅰ. I207.62-61

中国国家版本馆 CIP 数据核字第 2024E2H749 号

司马迁散文鉴赏辞典

上海辞书出版社文学鉴赏辞典编纂中心　编

责任编辑　张秋文
装帧设计　姜　明
责任印制　楼微雯

出版发行　上海世纪出版集团
上海辞书出版社®(www.cishu.com.cn)
地　　址　上海市闵行区号景路 159 弄 B 座(邮政编码：201101)
印　　刷　上海盛通时代印刷有限公司
开　　本　889 毫米×1092 毫米　1/32
印　　张　7.5
字　　数　133 000
版　　次　2024 年 10 月第 1 版　2024 年 10 月第 1 次印刷
书　　号　ISBN 978-7-5326-6285-2/I·595
定　　价　68.00 元